麻辣兽医日记

泓默 林毓暐

图书在版编目（CIP）数据

麻辣兽医日记 / 泓默，林毓暐著 . -- 武汉：长江文艺出版社，2018.7

SBN 978-7-5702-0393-2

I.①麻… II.①泓…②林… III.①随笔 - 作品集 - 中国 - 当代 IV.① I267.1

中国版本图书馆 CIP 数据核字 (2018) 第 073683 号

麻辣兽医日记

泓默 林毓暐 著

选题产品策划生产机构 | 北京长江新世纪文化传媒有限公司

总 策 划 | 金丽红　黎　波　安波舜

选题策划 | 张　霓

责任编辑 | 陈　曦　　　　**装帧设计** | 田　帅　　　　**媒体运营** | 刘　冲

助理编辑 | 张　霓　　　　**内文制作** | 田　帅　　　　**责任印制** | 张志杰　　王会利

法律顾问 | 张艳萍　　　　**版权代理** | 何　红

总 发 行 | 北京长江新世纪文化传媒有限公司

电　　话 | 010-58678881　　　　**传　　真** | 010-58677346

地　　址 | 北京市朝阳区曙光西里甲 6 号时间国际大厦 A 座 1905 室　　　**邮　编** | 100028

出　　版 | 长江出版传媒　长江文艺出版社

地　　址 | 湖北省武汉市雄楚大街 268 号湖北出版文化城 B 座 9-11 楼　　　**邮　编** | 430070

印　　刷 | 天津盛辉印刷有限公司

开　　本 | 880 毫米 ×1270 毫米　1/32　　　　**印　张** | 8.25

版　　次 | 2018 年 7 月第 1 版　　　　**印　次** | 2018 年 7 月第 1 次印刷

字　　数 | 110 千字

定　　价 | 46.00 元

写在前面的话：

因为深知主人心，也知道作为医者的言谈举止对他们的影响，加上医者该有的礼仪、修养，我不能任由自己把喜怒哀乐不经过滤地统统写在脸上。所以，我在心里"养"了一个小人儿，当我不能公开表露情绪时，就由它扮演我，我想说的话，我想做的动作……一切都是默默地，谁也看不见，只有我自己知道，"它"的笑脸、泪水，"它"的悲喜愤怒。

在文中，我姑且用"OS"作为"它"的代号，大家会经常看见"它"；"它"喜欢用"本兽"（即"本兽医"的意思）作为第一人称，或许"它"觉得那样挺酷的。

序 1

认识泓默的时候，她在一本时尚杂志写人物专栏，采访的都是演艺界明星。我是在家接待她的。和她的交流非常愉快，原定九十分钟的采访，我们却聊了三个小时。

她对我家墙壁上挂的动物饰物特别感兴趣，那是我在世界各地演出时淘回来的，于是，借着那些饰物，我跟她说起把考拉抱在怀里的感觉，说毛里求斯曾有一种不会飞的渡渡鸟，已经灭绝了……

就这样，我们成了好朋友。

我的这位好友，有漂亮的文字，和爱动物的心。

后来，泓默去做了宠物杂志，成天和猫猫狗狗打交道，我曾疑惑过：你怎么舍得离开光鲜的时尚圈？那可是很多年轻女孩向往的华丽阵地啊。

当我受邀去参加她参与组织的"世界动物日"时，我不再疑惑她的选择。

在那里，我看到很多很多可爱的狗，很多很多温暖的笑脸。有人在倡导"尊重生命，关爱动物"的理念；有人在传播科学、文明养宠的常识；有人带着狗狗参加赛跑……一幅幅其乐融融的画面，在我脑海里定格成人间十月最灿烂的记忆。

那一天，我还荣幸地成为"北京保护小动物协会"的爱心大使。

那一天，我才知道我们家十三岁的宝贝狗"奔奔儿"总是在地上蹭屁股，是因为从来没有清理过肛门腺。

……

还是通过泓默，我了解了狗狗也会得"分离焦虑症"，解开了我心爱的小金毛"勾搭你"为何总是在独处时啃咬我的衣物之谜。

当我告诉泓默把"勾搭你"送给退休在家的姑姑，内心如何不舍时，她说：你是一个好主人。

爱，是尊重，而不是占有。

尊重的前提是了解。

养一只宠物，对它说"我爱你"，很简单；承诺一句"我养你"，也不难，难在怎么才能养好它，养好它的一辈子。

泓默写这本书的目的就是希望养宠人能够更多地了解宠物的医疗养护常识，提高宠物的生活质量，给它们平等而健康的爱。

十几年了，她一直在做这样的事情，孜孜不倦，笔耕不辍。

这本书的文字风格虽然有点小"麻辣"，但我依旧可以感受到她内心的那片梦想田野，是温暖而柔软的。

这本书的内容是从公众号"变态兽医日记"中集结而成的，当初，我在朋友圈转发过。

泓默在朋友圈为我点赞，说：谢谢你，爱心大使！

我在心里为她点赞，说：嗨，亲爱的，别忘了，我也是一位宠物主人哦！

蔡国庆

序 2

我个人非常喜欢泓默的文笔，喜欢那有些小清新的感觉，她用文字细腻地展现自己的内心世界，将一个个故事向读者娓娓道来。

但在看了她执笔的公众号"变态兽医日记"以后，可以说是完全颠覆了我以往心目中泓默的写作风格。我最初以为是林医师写的，但又感觉不对，这种诙谐、调侃，不像是林医师这种严谨的医学工作者所为呀，当然从内容来看，肯定是来源于林医师提供的素材和一些兽医临床的小贴士。我相信林医师是花了许多心思的。

十几年前我与泓默也合作过一个杂志专栏，每个月我都要交给她一篇描写发生在动物医院的故事，现在回忆起来还是让我有些动容。我定期把我在临床看到的让人动情和惊心动魄的故事写成文字，再由泓默的文笔润色，等杂志刊登后，我再看那些小故事，我都感觉自己的文学功底得到了升华，其中很多的故事甚至都被搬到了一些影视题材的情节里去（只是他们没有付给泓默版权费）。

但之前的《动物医院的故事》和现在的《变态兽医日记》是完全不同的写作风格，好像完全更换了作者，我还特别傻地去问了泓默："《变态兽医日记》真的是你写的吗？"她的回答是肯定的，而且她还特别郑重地问我是不是喜欢。我犹豫了片刻，回答说"还好吧……"。

我知道我内心是有些纠结的，我不知道是不是因为成长和阅历的变化，让我心目中的泓默从小女生变成了辛辣的小女人。文笔的犀利，完全不似她温文尔雅的性格，更像是在酒吧狂饮以后的海侃，那些语句，直击养犬人的内心，或善良，或狡诈，或温馨……

总之，我的真实感觉是：很棒！

这让我不禁幽幽地说了句："你跟林医师合作比跟我那时更勤奋。"

好吧，我承认我有些嫉妒了。但我没有想到的是，泓默没有丝毫停顿就追问了我一句："如果你愿意我们可以再续'前缘'呀。"

啊？！我有些走神了，我想多了，是的，我是否还能再继续写那些发生在动物医院的故事呢？

第五届亚洲小动物兽医师协会联盟主席

中国兽医协会宠物诊疗分会副会长

北京小动物诊疗行业协会名誉理事长兼秘书长

瑞鹏宠物医疗集团副董事长

美联众合资产管理公司董事长

刘朗于 2018 年 2 月 20 日

序 3

2000 年 5 月，我参与创刊了中国第一本宠物杂志。

虽然彼时已经有了一些做杂志的经验，但真的不知道应该如何当好一本宠物杂志的主编，所以，在创刊号里，满满的都是对宠物的情感，组的稿件也全都是主人们描写他们对狗、猫、兔子、鸽子的爱，以及猫猫狗狗多可爱。

如今，再翻开那本泛黄的杂志，我会情不自禁地笑，笑当年自己的热忱懵懂，也笑自己的天真无知。

那种无知也是可爱的。

因为知识、常识的匮乏，我和很多人一样，以为只要对宠物有感情，给它们吃饱，不伤害它们，就是爱了。

但其实我们根本不懂什么才是真正的爱和不伤害。

我算是和中国宠物行业一起成长的、一个很幸运的宠物主人。因为我可以接触到最权威的专业人士，从他们那里迅速得到很丰富的资讯。虽然传播是我的本职工作，但很多时候，我在写稿时，并没有把自己当做媒体人，而是作为一个宠物主人，想迫不及待地把"好消息"分享给其他养宠物的人。我喜欢用讲故事的方式交流，而非教科书式的生活指南。

所以，2004 年，我在杂志上和兽医博士刘朗合作了一个专栏，虚构了一家宠物医院，有院长、医生、护士和形形色色的主人；每期写一个发生在"那里"的故事，有人性百态，有医疗案例，最主要的是把宠物医疗的常识作为很多"Tips"植入其中。

虽然只有短短一年的合作，但我至今仍怀念那段写作时光，它符合了我的两大职业梦想：一，写小说；二，通过我的传播，提高宠物生活质量。

我不知道我的文字改变了多少养宠人的观念，但我觉得能这么做，很幸福。

2016 年，我正筹划把公司从北京迁至上海，机缘巧合，认识了在上海顽皮家族宠物医院工作的林毓暐医师，除了德国汉诺威兽医学院神经科博士的资历，最令我感兴趣的是他学兽医前在台湾读的是英美文学专业，我想，他不仅能够为我提供医疗故事，也应该可以很准确地描写作为宠物医疗工作者的喜怒哀乐。

于是，"林医生"这个 IP 在我脑海里有了一个轮廓，我觉得是时候利用新媒体的平台重拾我曾怀念的传播方式——写作了。

把想法说与林博士，几乎是一拍即合。

2016 年 11 月 7 日，公众号"变态兽医日记"正式上线。

林博士与我共享了一个手机备忘录，他会把医疗案例记录在里面，我根据他的素材以第一人称的方式撰写成完整的故事，然后与我的编辑团队一起完成校对、排版、推送，以及和读者互动的工作。

一年的时间，我们合作写了 281 个故事，约 40 万字。

说实话，这个过程并不轻松，其中还有几次比较激烈的争论，主要是因为我和他平时的工作都太忙了，这种日记式的推送，需要大量的故事更新、素材整理、后期加工……我们必须每天都要挤出时间，他记录，我撰写。很多时候，他是利用手术和手术间歇的空档，我是在会议和会议之间插空，我们都曾有心力交瘁的时刻，又都不忍就此作罢。

直到决定出版，公号的更新才暂停。

关于日记变成书的故事，酸甜苦辣，无关名利，只是一个医疗工作者和一个写作人因为"宠物"而拥有的一个小梦想，在某年某月某日碰出了一个小火花，它或许并不绚烂，但它足够温暖；而这份温暖也是那些不会说话的"毛小孩"把生命托付给我们时，最厚重的馈赠。

当我们把动物变成宠物带进我们的生活，除了给予理智的爱，还必须用科学的态度关注它们的身心健康，这不是我们的慈悲，而是我们的责任。

我们，才不负它们的寄托、忠诚、可爱、陪伴。

我们从 281 篇日记里挑选出 70 个最想"讲"给读者听的故事集结成书。

唯一遗憾的是，不能用原公号名《变态兽医日记》作为书名。我们喜欢"变态"这个词，不是为了抛噱头、夺眼球，只是想用一种诙谐、轻松的方式告诉大家，"林医生"不是高高在上的刻板专家，而是愿意分享宠物医疗故事和常识的、有趣的朋友。

感谢林毓暐博士和我的编辑团队，协助我打造了这样一个"朋友"。

当然，最感谢的还是翻开这本书的你。

2018 年 1 月 21 日
于上海

两位作者的合影

目录

第一章 麻辣兽医的日常

第二章 你或许还不知道的宠物疾病

第三章　急诊 Call

第四章　狗能吞了全世界

第五章　我是绝育代言人

第六章　再见了，亲爱的宝贝

第七章　麻辣兽医的喜怒哀乐

麻辣兽医日记

宠物千姿 人性百态

第一章　麻辣兽医的日常

好汉，饶命

很多主人不知道吧，有些狗狗拥有迷之"逃生术"。

| 8 | November | 2016 |

电视里正在放一部有关逃生术的纪录片，我极度怀疑是"Bingo"点播的。

英国逃脱大师 Antony Britton 的表演花样百出，上天入地下海，无所不能，还差点死过一次。

每每看着这位大师让助手把他的四肢捆起来，不是绳索就是铁链，就差一个"伊丽莎白"头套了，我都不禁感慨……

大师不会也得肛周瘤了吧？！呵呵。

在下不才，作为一个非著名动物神经学博士，本人脑洞的深度和广阔那是相当著名的。

当然，绝非凭空而起，全赖有那帮小毛怪。

关于对 Antony Britton 的臆想，就来自于"Bingo"。

谁管的病房，住院医师是谁，都给我叫过来！

"Bingo"住院第二天一早就引发了我的气急败坏，听助理说它把自己的伤口弄开了，脖圈没戴，我恨不得要责任人提头来见。

白色贵宾犬"Bingo"因肛周瘤动手术。这种小 Case 对本人来说如流水线，打开、切掉、缝上，术后给它戴上脖圈，等伤口好了就万事大吉，放生回家。

脖圈之于术后护理相当于手术刀在手术中的地位，但凡让狗舔到伤口，它便启动欲罢不能的模式，舔到天荒地老，伤口永远好不了！

面对我的怒目，一干人等，全都大呼"冤枉啊"！

住院医师最"窦娥"：脖套是我亲自戴的，上完药，离开五分钟回来看，已经脱落，再戴上，我反复确认过，扣子真的扣得很牢……"

医助在一旁点头如捣蒜。

好吧，我就信一次：把"Bingo"带上来，上皮钉！

嘿嘿，听上去很像"满清十大酷刑"吧，没办法，开了的伤口必须快速缝合。

上皮钉，方式就像用订书机一样，把伤口两边的皮肤钉起来，非常牢固地闭合伤口，可以有效地帮助伤口恢复，但由于是金属材质，一般不得主人欢心，若非不得已，我们也不会采用。

主人的心，我懂。

"Bingo"，对不住了，钉一钉，好得快。

隔天一早，依然是一群"窦娥脸"对着我。

皮钉不会也被拆了吧？！

当差"窦娥"就差掏出手绢甩两下，再抹抹眼泪：我才刚清理好它的笼子，就离开了三分钟，它已经把脖套和皮钉都卸了……

我跟过去一看，"OS""噗通"就给跪了。

各位，知道拆皮钉是需要特殊工具的吗？！知道人类拆皮钉也不止三分钟吗？！而"Bingo"拆皮钉前还要先逃脱一个扣得很扎实的脖套……大哥，您是怎么做到的？！

更可气的是，它并没有把伤口撕烂，它的目的仅仅就是挣脱脖套和拆卸皮钉，行动快速、手法利落，大有高智商罪犯挑战低智商警察的意味，纯属"逗你玩"。

干得漂亮，但必须请"家长"了。

"家长"虽诧异，但极明理；我们再进手术，重新处理"Bingo"的伤口。然后，给它戴上两个脖圈，以及一副脚链。

没过两天，又全数被拆卸……

再加固：两个脖套＋胸背带＋脖套全部固定在胸背带上＋脚链。

那几天，我每天早上走进医院，都要满怀心理阴影地问一句"拆了吗？"比等六合彩开奖还紧张。

"Bingo"给医助们也带来了无限的工作乐趣，谁负责看管它，谁体验"头悬梁锥刺股"。

——林医生，又逃脱了，不过我及时发现，只是挣脱脖套，伤口还没来及拆！

医助汇报时，神情骄傲，双目湿润，大有从歹徒手中成功救出人质的自豪感。

"Bingo"总算出院了，那一刻，我觉得每一个曾提心吊胆的人心里都会放一把烟花，庆祝它痊愈，谢谢它终于放过我们了。

尽管出院时，我对它"爹娘"很细致地分析了"Bingo"高智商的犯罪心理，提醒他们必须格外防范，但没过两天，我就为"Bingo"再次做了伤口缝合手术。

它"爹娘"也不出意外地加入到国际冤枉没商量很无奈组织"窦娥团"。

一般犬只术后十天便可拆线，"Bingo"伤口愈合用时九十天。

第三次麻醉前，我望着精神抖擞，满眼不屑的它，内心作揖哀求：好汉，饶命！我在医院里上有老下有小，都等着救命看病，送您一罐德国原装冻干鸡胸肉当买路财，行吗？！

"Bingo"勾唇斜眼：切，你们人类就这点能耐啊，平身吧……

好吧好吧，给它这样的"逃脱大师"跪，不亏。

说实话，作为兽医师，我们从来不会盼着与病号重逢；但作为粉丝，我常想再见它一面，它已然成为医院里的传奇，它的故事必将载入史册，成为狗界《如何戏弄一群兽医师》的教科书。

书中，"Bingo"或许会把自己的名字改成 Antony Britton！

常识科普： 不同的手术在术后有不同需要注意的事项，但大致上来说，猫犬术后都应该注意感染、保持伤口清洁、避免动物自己或其他动物舔舐伤口、定时服药，并且在兽医交代的日期回诊拆线。

2 亲爱的，你的牙齿呢

爱它貌美如花，也要爱它红口白牙。

给一只貌美如花的狗洗牙是什么体验？

我今天的感受是：汗流浃背，筋疲力尽。

这只比熊长得真心好看，好看到助理端详它时，流了一地口水。

等我打开它的嘴，助理默默地擦了擦地，那神情，好像发现一见钟情的男神，竟然满身散发狐臭，爱慕还在，却撩不下去手。

麻醉师皱眉：我帮它评估时，想要打开嘴巴看看黏膜颜色如何，掀到一半，我的妈呀，谁家炖屎呢？！

然后你发现了什么？我调侃。

麻醉师茫然，估计被气味辣到的不止眼睛，还有智商。

看不到一颗牙齿。我揭开谜底。

这位英俊的比熊先生，洗牙前未见任何牙脱落，因为牙齿被结石扎扎实实彻彻底底地覆盖着。

这位英俊的比熊先生的主人，请问您是在养珍珠吗？（蚌壳养珍珠，珍珠会在石头里包着—编者注）

洗完牙，原本四十二颗，只剩六颗，连骄傲的犬齿都必须拔掉，因为已经产生了瘘管，通向鼻腔，不除，隐患大大的。还必须帮它做皮瓣缝合手术，就是用它自己的黏膜把牙齿拔除后留下的大洞补上，以防食物或任何脏东西往里钻。

结束后，我全身湿透，像站在花洒下给狗做了一场手术。

麻醉未醒的它，张着嘴，全然没了两小时前的意气风发，花美男变成了老爷爷。

等久了的主人难免担心，接过装满牙齿的袋子，她伤心，我无奈，但一切为时已晚。

这样的手术每周都会遇到，打开一张嘴，一口烂牙；打开一张嘴，一阵异味；打开一张嘴，一群结石，向我袭来，冲我示威，与我挑逗：Nice to meet you again！

Again 你个大头鬼啊！

鬼知道那些主人用什么把结石养得如此结实，全都营养过剩，坚不可摧的样子。

关于"每天刷牙"的问题，我当面说，书面说，one by one 地说，发表科普文在媒体上说，怎么就干不过结石大军一轮轮地蜂拥而至？它们是花钱雇僵尸粉了吗？！

亲爱的主人，阁下到底是哪个阵营的？问"你给狗刷牙吗？"，回答也是百花齐放：

——每周洗澡的时候都会刷啊；

——我有给它洁牙骨啊；

——它喝的水里我倒了最新型的口腔护理液啊；

——经常给它抹洁牙胶，据说效果很好的啊；

——我家狗不喜欢刷牙啊；

—— 我不晓得怎么给狗刷牙啊；

……

"啊"你个大头鬼啊！

别再跟我说什么骨啊、液啊、胶啊、露啊的，那些都是辅助产品，如果真能取代最原始的手工，人类干吗还要每天刷牙呢？！

己所不欲勿施于人，啊！

为了你家宝贝的牙齿健康，为了你们亲它们的时候不再酸爽，求你们别再一问一连串的"啊"，赶紧开始行动起来，每天刷牙！每天刷牙！每天刷牙！

就算只剩六颗，还是要每天刷一刷。

对，我就是有强迫症，是你们把我逼成晚期的。

别笑，牙齿健康对心脏的影响你们知道吗？

对，就是心脏！

笑不出来了吧？嘿嘿……

还不赶紧给狗主子刷牙去！

常识科普：宠物主人们咨询给狗狗刷牙问题，重点有两样：一，希望兽医推荐洁牙产品。非常抱歉，我没办法为你们推荐具体的，只能建议大家去选择口碑好的正规品牌；再来，如上所述，所有咬胶、凝露等等，都是辅助产品，都无法代替真正的刷牙；二，问我狗狗不给刷怎么办，这个就为难我了，这不是我能回答的范畴，还望大家去求教犬行为专家。

③ 孕妇大人们，别再谈"虫"色变了

科学养宠和科学生娃娃，同样重要。

22 | December | 2016

我曾一度以为，这是一个不需要专门去强调的话题。

科学与文明进步的车轮早该把荒蛮与讹传碾压了好几遍，怎料，无知者依旧遍地，是我太天真了。

前几天朋友圈有人发文，代朋友为一只三岁豹猫寻找新家，理由很牵强，超没创意：因为主人准备怀孕当妈妈。

无独有偶，这几天在医院也遇到两三位主人带了猫来，说要检验弓形虫（也称弓浆虫，Toxoplasma gondii）检测，都是因为准备要怀孕当妈妈……

我不得不"以偏概全"，我遇到的"准妈妈不要猫娃娃"事件不过是冰山一角，因此而受株连的猫，应该数以万计了吧？

它们流离失所，餐风露宿，望着曾经温暖的家，无可奈何地变成遥望中的一盏灯。灯下，"妈妈"怀里有了新的宝贝，她抱着他（她），就像当初她抱着自己那般……

生命交换了生命，贵贱分明，命运多舛。

作为宠物医疗工作者，我就纳了闷了，到底是谁，把"弓形虫"变成了洪水猛兽？！

我就纳了闷了！

多数养猫者都知道弓形虫，为何有人可以理性面对；有人却依然在做弃养的选择？

度娘上文章如此之多，怎么正确观念的文章仍不敌偏颇谬论？喔，是我天真了！度娘上的文章很多是莫名其妙胡说八道颠三倒四啼笑皆非的，屁话！

那我今天必须来多嘴一下了：

弓形虫对怀孕妇女、胎儿、婴儿负面影响的说法根本是错误的！错误的！错误的！

你以为弓形虫只有在猫身上有吗？你知道多少感染上弓形虫的人，家里是没养任何动物的吗？你吃的蔬菜、野果、生肉……只要没煮熟，所有入口的都有可能有弓形虫？！

你知道吗？！

从猫身上感染弓形虫有多困难吗？！困难到你必须吃猫大便，且必须确保你吃的屎里已经存在弓形虫了。

因为弓形虫存在于猫的粪便里，也只存在粪便里，你必须直接接触粪便，然后必须把直接拿过便便的手放进嘴里，你才有被弓形虫感染的机率……如果真的中标，我建议你赶紧去买彩票，这种运气千万别浪费了。

再来，如果哪位准妈妈真有玩猫屎还放到嘴里的行径，您这智商也就别生孩子了。

既然你们个个那么聪明，应该知道狗也会感染弓形虫吧？

这话要是被断章取义了，会不会有人因为谈"虫"色变就开始动"弃狗"的念头？！

不明就里就反驳的人，你们看清楚了，我说的是科学，我不想粉饰太平，更不会危言耸听：狗的确会感染弓形虫，但它们是中间宿主，所以，没有传染力！没有传染力！没有传染力！

猫也的确是弓形虫的最终宿主，它们的确有能力把"虫"传染给人类。

因此以下几点建议供有理智的人参考：

计划怀孕的女性可以去做抗体检验，结果若是阳性，表示已经感染过弓形虫，那就不用担心了；若是阴性，表示还没感染过，孕期必须要避免吃生的食物；若家里有养猫，避免清理猫的粪便，实在无壮丁可抓，清理时可以戴上一次性手套。

另外，家里的猫也可以去做弓形虫抗体检验，若是阳性，那一样不用担心，表示它已经感染过，有了抗体；若是阴性，表示还未感染过，那不要让它出门，不要给它吃生肉（当然包括让它去捕食老鼠……）

我还听说孕妇易患产后忧郁，而伴侣动物对于忧郁症的正面影响，都是被严谨的研究证明过的。那些动不动就要弃养的人，你们宁可听信谣传，不正视科学，又如何为下一代树立正确积极的三观？

我不知道我这样的说明是否能打消一些人的顾虑，虽然我自认够清楚了，但我也明白，有些榆木脑袋中的顽固思想是宇宙无敌强力胶，我不奢望一千多字就能改变猫狗命运，但我必须再一次用我的专业知识大声疾呼——因为生小孩，所以要把猫狗赶出门的，你们不仅无知，也无情！

无知无情人，不配拥有更美好的生命。

常识科普：除了弓形虫，另外一个最多弃养的理由是：过敏以及家里有小孩。此说法也早有研究报告指出：养宠家庭里的孩子，过敏机率反而比较低。

4 团购系列之导尿的下午

难道又是传说中的……膀胱结石？！

2 December 2016

知道什么东西是大多数人觉得恶心，而兽医不仅不怕，每天还会把玩二三两五六坨吗？

不仅"把玩"，还会因其欢喜因其忧，不对，是先它们之忧而忧，后它们之乐而乐。

都猜到了吧？

对喽，就是宠物们的屎和尿。

话不多说，赘言无益，标题已明确，简单列下今日团购事宜：

- 三只猫一只狗，拿着号码牌；
- 组团秒杀"膀胱结石"；
- 症状分别是：尿频、尿不出来、尿血。
- 没有团购价。

第一只猫，精神食欲均不佳，伴有呕吐，近二十四小时没有排尿。好在我有一双大手，否则一掌无法盈握其膀胱。验血、X光、B超……可怜的娃，除了膀胱有结石，肾脏也有，并有多囊肾，外加肾功能异常，日后怕是要常跟此娃说"See you……"。

无论之后的治疗方案如何，排尿是首要，再憋下去，不是膀胱成精就是猫娃子疯掉了。

导尿成功，猫脸轻松，再三叮嘱主人回家后务必时时观察，若二十四小时不尿尿，就会有危险；四十八小时就会造出尿毒症，命在旦夕；伺候尿尿，绝不能懈怠；若尿道还阻塞，得把导尿管放着，让他它自个儿背上几天尿袋……

尿血的猫，频繁出没厕所一周了，主人说它几乎住在猫砂盆里。起初误以为猫儿爱上猫砂，后来发现它都是做嘘嘘状，但蹲半天不是挤出一两滴，就是一滴没有，仅有的一滴里还是渗着血，才意识到：它病了。
我心里刚想比个手指，还是忍住了，只默默嘟囔几句：你当猫是风儿砂是沙啊，还缠缠绵绵到天涯……你自己跑一个礼拜厕所看看，你敢说自己爱上马桶我就相信你和我一样是变态……好吧，还是感谢你能够亡羊补牢，没酿成更大的祸。
盘查肾功能，还可以；X 光、B 超，确认了膀胱结石。
话说这结石在膀胱里跑来跑去，晃晃悠悠，溜溜达达，不出血、不发炎，结石很没面子啊。有过膀胱炎的女性应该都清楚吧，最常见的症状是什么？
对，就是尿频。（你们好奇我怎会知晓，以前我是个女的行了吧？！）
仍是导尿，把膀胱冲洗干净，嘱咐要开始吃处方粮。最后当然还是以恐吓方式交代回家后的注意事项，有些人，如果不恐吓就当我自作多情唱山歌。

"吓"走一个，又来一个，老主顾。
开始以为又是看看皮肤病、打打预防针，最多头疼脑热打打喷嚏来凑个热闹，没承想，一向算是健康的小蓝猫，这次来问的也是"尿尿不规律"、"一反常态尿在地板上"、"还有血"……

结果又是一个膀胱结石。

一番流水线下来，恐吓完了，放生回家。

交代前台，不接诊了，麻醉师正在通缉我，十分钟后必须进手术。

你们猜到什么了，呵呵，还用猜吗？早说了今日团购秒杀"膀胱结石"的。

一只迷你雪纳瑞，同样膀胱里闪烁着结石们的身影。切开、取出、缝合……

好在结石颗粒够大，不难拿，手术很顺利。

但我有点不开心，每次挖着捞着数着大大小小的石头，就心生哀怨，你说，

这要颗颗是钻石该多好啊，我肯定拼死转行去当泌尿专科医师……以这一

天的"收获"，我不当土豪都难。

这一天就这么"骚浪贱"地结束了，该怎么总结呢？

一字以蔽之：尿。

常识科普： 膀胱结石形成是由多个因素造成的：基因（品种）、生活环境、饮食、精神压力、肥胖等等。结石的产生是无法完全杜绝和预防的，但可以从能改变的部分改变，比如，吃处方粮、多喝水、减肥……这些改变虽无法保证结石不再生，但可以降低发生率。

5 一只尿尿被电击的小狗

总有最温馨的剧情在生离死别的医院，上演。

| 10 | December | 2016 |

我也经常会遇到通过微信或者电话来问诊的朋友，他们都会收到统一的回复：我没有隔空断诊的神功，不经过望闻问切，不看到检查数据，我绝不给任何建议。

不乏主人回家后发来鼓励和赞赏的信息，我都厚着脸皮收下了；那些给我加油、安慰的，你们真是太善良了。怕我受的委屈多，怕我见得生离死别多而真的压抑"变态"的好心人，请你们放心，本兽心宽体胖，不时写写看诊日记，用文字嬉笑怒骂一番，本也算是一种解压方式。

但其实我更大的心愿不是以文字泄私愤，记录医院、从业点点，想让更多的主人通过我的"OS"和医疗故事，了解一些常识，科学理智地养好家里小毛娃。

所以，如果你们能接受这样一个"变态"的麻辣兽医，就把"常识科普"转告给其他养宠物的小伙伴吧。

其实，医院里真的不是每天哭天抹泪、地动山摇的。

大部分的日子是平凡平静的，忙的时候虽然像菜市场，但菜市场有菜市场的生机，萝卜白菜聚在一起，叽叽喳喳也蛮可爱。

平凡的日子像树上的叶子，一层层叠加，茂密，静默，有风来时，才会骚动一阵。

我记录的多是风来时的样子和心境，风过了，我的叶子依旧平凡。

这本日记便是我的树，挺拔在我的精神世界里，宠物主人们的鼓励、赞美和担忧，是养分。

所以，谢谢你看到了这些文字。

今天说一件奇葩和一件感人的事，证明一下：我没有抑郁症。

主人抱着一只四肢瘫痪的小泰迪来找我，脸上一个大写的"囧"字。

原来，小狗被电击了。

为什么被电击了？

去草地上尿尿，尿在照明灯上。

据主人"交代"，这已经是第二次了，第一次被电，惨叫一声，抖了两下，没事；这回，直接倒地休克，醒来后就四肢瘫痪了。

尿尿被电翻，我也是在心里笑到给跪了。脸上还得撑着严肃，粗心主人倒霉狗，怪谁呢？！

检查下来，我猜测它瘫痪的原因并不是因为电击，而是原本颈椎就有问题，可能在电击后主人抢救时被甩了头扭了身，让原本的隐患浮出水面。

留院观察吧。

我在病例上特注：这是一只尿尿被电击的小朋友。

不该这么不厚道对吧？可是我就是想笑啊。

大千世界，无奇不有，让我遇到，我很想骄傲一下。

恢复严肃，走出住院部，在前台又看见一个大大的"jiong"字。

这回写在一位老大爷的脸上，窘迫的"窘"。

前台同事正在跟他解释医疗费的每一笔款项。一般来说，账单明细一目了然，主人们会自己审阅。但凡要前台这么细致入微耐心报告的，多是等着鸡蛋里挑骨头，能赖则赖些零头，能甩难听话就甩几句。

这年头，想拿话当钱使的，大有人在。

但这位大爷明显不是。他一副憨实模样，眼神里透着为难。

他家的猫从楼上跳下，虽没有生命危险，但外伤少不了，得做清创手术。

大爷囊中羞涩，支吾了半天才问能不能便宜一些，他实在没有太多的钱。

前台姑娘也为难，两人尴尬地面面相觑。

"我来吧……"

大爷身边站着的一位说话了，是医院的老主顾，也是极爱动物人士。

"您看您能付多少，不够的我来补，不管怎么说，赶紧给猫做手术……"

好心人接着发话，大爷感激地握着他的手，连连说"谢谢"。

"别客气，看得出大爷您也是爱猫的人，有难处，相互得帮一把。"

平实的话，朴实的场面，简短的过程，猫很快进了手术室。

医院进入短暂的安静，院子里的树静静地站在四周，看着这一切。

突然一阵风来，树叶开始交头接耳，小声说大声笑的样子，特别生动、有趣。

虽已入冬，我心里有暖流贯彻全身，感知着人间的温度。

常识科普：电击、摔伤、咬伤、坠楼、车祸、暴打等等造成的伤势，切记运送过程尽量保持动物平稳尽速送往就近医院，如同人类受伤送医，有时随意移动或在移动中动作不规范，易造成伤势进一步恶化。多数犬猫体型较小，抱起、移动时更容易甩头扭身歪屁股的，需注意！

若能拳打烂主人，一定很爽

我知道天堂比你的人间好，可是我必须让你活着。

今天是周六。

节假日的医院像个菜市场。

有些阿姨妈妈叔叔伯伯直接穿着睡衣就来了，只是手里提着的菜篮子换成了宠物箱。

大多数不是急诊，鬼知道那些小家伙都经历了什么，才半死不活地被带来医院。

国内宠物犬大多没经过社会化训练，到了陌生环境，不是大声吠叫就是瑟瑟发抖，除了病得不轻没力气磨刀霍霍，否则剑拔弩张的场面是常见的，像极了杂乱街市里的泼皮牛二遇到了屠夫镇关西。

可惜，我不是鲁提辖。

如果我是，拳打烂主人，一定很爽。

有些疾病只要早一点发现，早一点带过来，完全不用动刀动针，一粒小药丸就能保平安了。

很多主人的心啊，是被小猫小狗的耐受力撑大的。

还真是大，居然满脸幽怨地跟我说：哎呀，我家宝贝已经好几天都不吃饭了……

我就在心里甩个白眼：你自己少吃几顿试试，都好几天了，您早干吗去了？！

以前我还会委婉地抱怨一下"哪怕早两天来都不用动手术"，结果主人一定是"我很忙的啊"、"上周一直在出差啊"、"家里走不开啊"巴拉巴拉一个集装箱那么多的理由。

现在，我才不多嘴，枉你们有一集装箱的理由，但我心里没有宽容的太平洋。

就是替那些小家伙难受，看着自己身上小包包变成大瘤子的感觉很痛苦吧？！

今早就来了这么一位。

九岁的英牛公犬被确诊为肛周瘤，需要动手术。

我要找主人说结果时，医助告诉我他在门口打电话。

还未走近，男子身上古龙水的味道就扑面而来，一下子刺激了我的"OS"：您那只英牛像刚从粪坑里捞出来一样，一看就是有日子没洗澡了。敢问这位英雄，您的嗅觉还在吗？

男子见我有话说，做了个让我候着的手势，继续冲着电话：我先给你汇个一百万，你把货发过来再说……

哇塞！大买卖啊，果然比肛周瘤值钱。

在古龙水缭绕中站十一分四十二秒，在下大有芝麻县令等着皇上打赏的奴才样儿。

再哇塞！若不是心疼那狗的愁眉苦脸已经超出英牛合理的面部特征，我才不惯着他的颐指气使。

得知要手术，男子没等我把话说完就不耐烦了：我就点你做了，快点儿就行，越快越好，钱不是问题。

我把一万句脏话刺身蘸着草泥马牌芥末，生咽了下去。

我们兽医虽然也是一副皮囊，一个肉身在职场，但不是做皮肉生意的好吗？

你点我，我还想点你……去死的穴呢。

不过作为一个讲文明懂礼貌的兽医师，我非常温和地解释给他听：手术室是要预约排期的，不是厕所，谁想上谁上；您要花钱加急？哦，那我把今天已经定好手术时间的医师和主人名单给您，您挨个发红包吧，估计能插个队；让我自己去想办法？NoNo，我怕挨打。

结果是他把老英牛留下住院，"点"了我明天一早的手术时间。

古龙水男很爽快缴了费，然后东张西望起来，我以为他要看看住院环境，和宠物道个别什么的，结果他戳了我一下，问：厕所在哪儿？

直至离开，他都没去看老英牛一眼，给前台留了句话：明天手术完通知我，我让司机来接。

哦，原来是有司机的人，看来是我错怪他了，今天他拨冗造访，实属老英牛祖上开光。

继续看诊。

眼睛忍不住要瞄一下诊室外，留意医助如何安顿老英牛。

还不错，他们用湿巾给它擦拭了身体，然后把它扛进住院部。

遇到不能善待宠物的人，我总是想多嘴：亲，咱能不养吗，算积德。

我怕人家会给我一大嘴巴：我们总比那些生了病也不带宠物到医院的人要伟大吧？！

是是是，他们算缺德。

下班前，路过住院部，忍不住张望，寻找老英牛的身影。

它正好面朝外，一脸忧伤的褶子陷在一束阳光的阴影下，那般落寞，那般生无可恋。

无奈而又忧愤的眼神投向我，似乎在央求：快给老子安乐了吧，老子早就受够古龙水的味道了。

"OS"伸出手轻抚着它的脑袋：我知道天堂比你的人间好，可是，要我送你去那儿，臣妾做不到啊。

常识科普：肛周瘤指的并不是一种肿瘤，而是泛指在犬肛门周围的肿瘤。

许多不同的肿瘤都可能发生在犬肛门周围，但最常见的是源自于肛门周围皮下腺体的肿瘤。以未绝育的公犬为好发族群！所以通常摘除肿瘤的同时，建议同时做去势手术。

为何细小会成为幼犬的死亡标签

KO 病毒的，不是运气和兽医。

8　March　2017

昨天下班前，换好衣服刚要出门，前台姑娘示意我过去接电话。

我用肢体语言询问：谁？是专门找我的吗？

她似乎没弄明白，继续拼命招手。

我又问一遍，她急了，大声说：找"变态"兽医的！

我屁颠屁颠跑过去。

电话里一个大男孩的声音：林医生，你好，我关注了你的公众号。

一下子没有了距离感。

他是来求助的。

前不久，他领养了一只两个月大的比熊，是寄养在宠物店后被弃养的。小狗看上去挺活泼的，店主告诉他狗狗只做了驱虫，他计划带回来安顿两天就去注射疫苗。

结果回家的第一天晚上十一点左右，小狗就开始拉稀，精神跟着萎靡起来。男孩观察到凌晨两三点，小狗睡着了，他以为就是普通的腹泻，自己也睡了。第二天起床，发现小狗又拉了三次，然后接着又睡，他怕狗狗脱水，用喂药器滴了一些清水。狗儿自己也喝了点儿，还跑动了片刻，但中午就开始便血，这回，男孩赶紧把它送到附近的宠物医院，路上又拉了一次血便。

医生诊断是细小，先开了三天的药，计划的疗程五到十五天。

他语速很快，没等我问就一口气说了全过程，包括医生开出的药单：干扰素一支、细小单克隆抗病毒血清一支、三连高免血清一支、止吐灵一支、蛇毒凝血酶一支、止血敏一支、百分之五葡萄糖氯化钠、安卞西林四分之一支、百分之五糖四十毫升、能量合剂 ATPCOA、维 C、百分之十葡萄糖十毫升……

我实在不忍打断，等他汇报完，问：你需要我做什么？

他：狗狗现在在输液，我想明天一早带它来找你。

可惜，那只可怜的小比熊凌晨时，走了。

前台转达留言给我，一早，我的心情就灰灰的。

特别有礼貌的大男生，还专门说"谢谢林医生"。

都没来得及为他做些什么，受之有愧。

他是看了关于狂犬疫苗的那篇推文找到我的，但我特别希望新手主人是在了解更多的养宠知识后，才决定要带一只狗或者猫回家。

无独有偶，下午又接诊一只"细小"。

两个男生带来萨摩耶幼犬，两个月，据说刚刚从外地被空运过来。

吐、拉得航空箱里都是污秽。带到家附近宠物店洗澡，美容师说可能是肠胃炎，但店主怀疑是细小，让他们赶紧找医生。当时美容师和店主还有些争执，而两位主人觉得如果是肠胃炎，应该不是大问题，本想着先洗干净再来看诊，店主不干，说狗狗太小，不管是什么病，都不能洗。

他们描述过程，我的"OS"两极对抗：你们还真是"勇敢"；好在遇到一位良心店主。

结果出来：细小病毒阳性，犬瘟阴性。

其中一位还在侥幸：会不会误诊，会不会只是肠胃炎？！

"OS"给他两个大嘴巴，扇得他秒变猪头。

面上依旧如宽容大量的唐僧，把"细小"的前世今生描述一遍，当然，死亡率也如实告知。

他们决定赌一把，或许"小天使"会是个幸运儿呢？

通常，我会建议主人尝试至少一周的治疗，但必须让他们知道，这一周过去并不代表就有痊愈的可能，而是看发展状况，最多两周，如果状况恶化或持续不好，我也可能建议主人放弃治疗。

当然，我还会强调 case by case（具体问题具体分析），每个案例的状况不同，根据科学数据和临床经验，就事论事。

虽然两位都听懂了我的话，但其中一位还在纠结肠胃炎和细小。

心情我是可以理解的，在很多主人的认知里，总觉得肠胃炎不是什么要命的病，而细小等同于拿到了死亡判决书。

两害相侵取其轻，人之常情。

看他如此执着，慈悲为怀，我点拨一句：如果非要厘清两者关系，可以这么理解，细小是造成肠胃炎的原因之一。

只能帮他到这里了，手术室里有"客"在等我。

常识科普：肠胃炎是个医学上的名词，指的是胃及肠道的炎症；而引发这个炎症的原因可能是细菌、寄生虫、食物、药物，或者病毒，而引起的症状可能是腹部的不适、疼痛、腹泻，或是呕吐等等。细菌或寄生虫引起的肠胃炎，是可以透过抗生素或驱虫药来改变局势，但像细小这样的病毒性肠胃炎，抗生素只是辅助，最终 KO 病毒还是得靠自身免疫系统。

幼犬最缺乏的正是免疫力，母乳的抗体已经消失而自身的抗体还未建构完成，因此幼犬面对细小才会如此不堪一击。

麻辣兽医的小确幸

当你选择了一种生活状态，要学会看到很多"意外"。

12 | November | 2016

国外有调查显示，兽医自杀率常年高居榜单上，有朋友非说我有抑郁症，强迫我做测试，结果没有，对方又说是题不准。

我看起来真的那么"抑郁"吗？！

但国外兽医自杀率的消息不假，高强度，大压力，且他们比人医方便弄到药物。

所以，请善待我们，多给点尊重与微笑，宠物的生活更美好。

呵。

今日大雨，病患不多，我得空整理电脑。

屏幕上出现一张我在德国随手拍的一张照片，是一个流浪汉怀抱着一只狗慵懒地坐在街头，保存至今，就为每每看见这张照片时，心被暖流包围的感觉。

德国街头常见这样的场景，有的是流浪汉，有的其实是无所事事的少年。

曾有友人跟我说，这些人未必是因为无家可归，或者家境贫困才窝在街角，伸手乞讨。不少孩子是因为叛逆、对父母离异不满，其中不乏富二代富三代，云云。

但无论自己是否过着有一餐没一餐、衣衫褴褛、身体发臭的日子，他们身边狗总是干干净净，神色安逸。

他若有一块面包，一定分给狗一半；一块毯子，也会让出一半，给狗。

对于他们来说，最忠心最不离不弃的，是身边这只狗，那不是宠物，而是不能分开的伙伴，或者精神依托。

其实这样的画面常在网络上看见，风雨飘摇，人狗相依，我们总是忘了唏嘘人的窘迫，而直呼：他们好"恩爱"。

秒杀一众单身狗，塞一把狗粮，就差出门找只狗，一起去流浪。

助理抱着一只狗探头：哈喽，林医生，你好。

怎么声音变了怪样？

抬头望，哇！是"花生米"来了。

我一把抢过来，搂着往外走，边走边喊：别抢我的"花生米"，我的"小米"在哪里？

出去看，果不其然，"小米"被扣在前台，接受人类的各种调戏和挑逗。

它们是两只颜值颇高的吉娃娃，主人和善可亲，对于医疗上的建议相当配合、信任。

认识"小米"是因为它乱吞东西；"花生米"则是 Prolapse of third eyelid gland。

哦，Sorry，一开心就装逼的毛病我得改改！Es tut mir furchtbar leid，哦噢，德语也出来了，我是有多开心啊。

好了好了，我说人话，就是"第三眼睑腺体脱出"，它还有一个很香艳的名字叫"樱桃眼"（Cherry eyes）。就是第三眼睑腺体发炎，并从眼后方脱离出来，形成一小颗红润如 Cherry 的肉团物。多发生在狗身上，猫少见，小于两岁的狗"中枪率"较高。

因为颜值高性情好，这两位主子当初住院时就吸粉无数，常被各种岗位的同事抱出来玩耍。

今天它们俩是来做体检，顺便驱虫。

想来是主人周到，知道娃娃们会被哄抢，特意选了个清净日子。

有人扯我袖子，一位小个子助理一脸央求：林医生，能让我抱会儿帅哥吗……

哎呀，不用去舔屏了？你老公可是宋仲基啊！

小女生接过"花生米"雀跃转身，我心中一阵酸楚，看来颜值这件事儿，不分物种，不分星球，不分是否直立行走。

忍不住瞄了一下玻璃，哇哦，心情好的林一森也还是蛮帅的。

好了好了，我听见你们说的了，我盲目自恋，行了吧？！

两只健康的动物，一位和善的主人，不那么像菜市场的医院，一群爱狗的人……

哪个医生看到这样的场景，嘴角不会溢出笑意呢？

没有病痛、没有争吵、彼此友善尊重，世界大同，我仿佛瞬间滑入梦中，身轻如燕一般。

常识科普：有些医生会用切除腺体的方式处理第三眼睑脱出，这是绝对错误的做法。因为第三眼睑腺体分泌泪液，负责眼睛高至 50% 的泪水分泌，如果切除，很容易引起干眼症而导致角膜病变。

你吃饭了没？ 你挤肛门腺了没
我们常一本正经地去做多此一举的事儿。

10　　March　　2017

宠物圈的一位好友跟我闲聊时说，二十年前在大陆，还没有"宠物"这个词儿，人们对狗的认知停留在"隔壁大黄"、"邻居小黑"，你要跟"大黄""小黑"的主人说"肛门腺"，没准人家以为你讲脏话。

现在，你要是一个连"肛门腺"都不知道的宠物主人，好心的犬友会出口成章给你做科普，没那么好心的呢，估计拿你当白痴。

我当然是好心的那种，但我说的观点可能会和你听到的不太一样。

你是拿我当神棍呢，还是兽医呢，取决你的智慧。

如今，主人谈论"肛门腺"，必定跟着"挤一挤"。

很多主人每周带狗狗去宠物店洗澡时，都会要求美容师"把肛门腺挤一挤"；有时遇到狗狗肛门腺出问题时，首先怀疑抱怨的是"一定是宠物店偷懒，没挤肛门腺"。

肛门腺到底要不要挤呢?

我的立场:能够自己顺利排出时,为什么要挤呢?

当初上帝造物,应该不是为了给狗挤肛门腺而创造出人类的吧,如今动不动就"挤挤肛门腺"的态势,不禁让人怀疑人和肛门腺是搭配着给造出来的。

这个说法有点惊世骇俗是吧?

呵呵,你们还没习惯我的麻辣风格吗?

好了,言归正传,今天咱们就来好好科普一下肛门腺的常识。

先看图,认识一下肛门腺的位置。

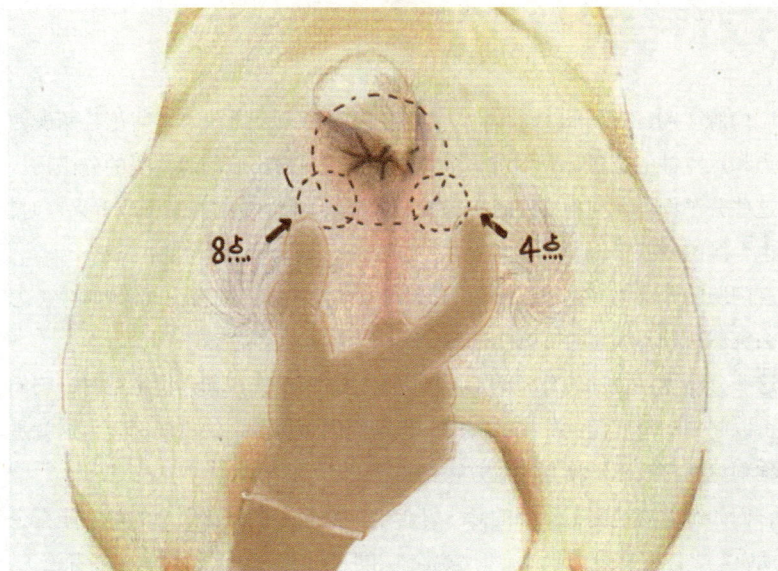

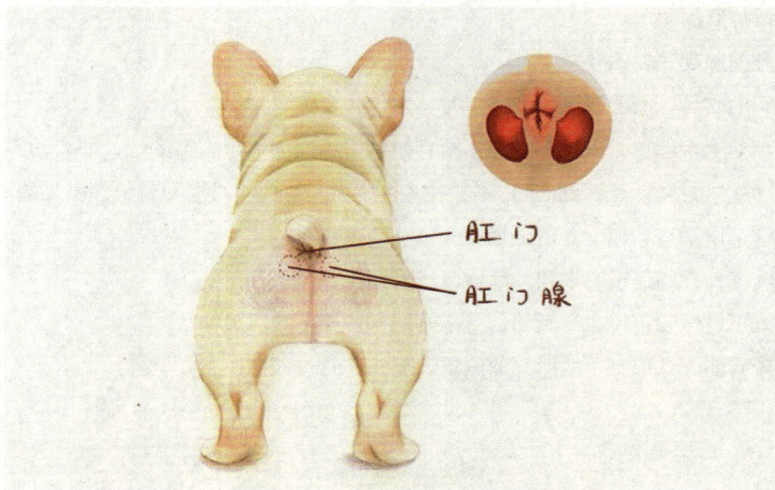

肛门 肛门腺

肛门腺（Anal Gland Sack），又称肛门腺囊，大约在"小菊花"两侧四点和八点钟的位置。分别有一个开口，作用是排出肛门腺囊里的分泌物。这些分泌物会在狗狗排便时一起被自然挤出，有时，狗娃紧张或者兴奋时，也会排出一些。

肛门腺的分泌物多是浅咖啡色的，累积太久没被排出的会变成深咖啡色（怎么突然有种不太想再喝咖啡的感觉……）。

这些分泌物并非你们想象的那般一无是处，相反，在狗狗拉粑粑时，它们可以起到润滑肛门的作用，同时，也是提供身份识别的重要因素，这就是狗狗见面喜欢不停相互闻对方屁屁的原因。

它们如饥似渴地闻，你想的是：好脏哦，太恶心了；它们想的是：能交个朋友吗，你好有魅力哦（狗狗是通过嗅闻来识别对方信息的——编者注）。

分泌物会经常排出，就自然会偶尔阻塞。在肛门腺囊里待久了，分泌物就开始作怪，比如发个炎什么的；狗狗就开始烦躁不安，行为异常，比如在地上磨蹭屁股、追咬屁股和尾巴、不喜欢屁股被碰到等等。

大家可以去网络上搜索看看分泌物作怪后的样子，红肿、溃烂，甚至穿孔的图片很多。友情提示：不要在用餐时观看。

那样的伤口可以通过清创、服药来控制；若无效或者不断复发，就得考虑手术，把肛门腺拿掉。不然，烂屁股的疼痛指数高到无以言表。

看到此处，有没有"菊花"一紧的本能反应？别说我污，你若 Get 到这个知识点，说明你能感同身受那种坐立不安、坐如针扎的痛楚。

这是因为人也有肛门腺，而且还不止一个，据说有七八个呢，也会有如发炎等各种疾病。

好在人类不需要靠挤肛门腺来解决问题，否则，那画面实在太美太刺激了。

感谢上帝，您老造人时的手下留情，如果人类也是靠嗅闻肛门腺来识别身份的话……那我们见面时的问候语不是"您吃了吗"，而是"您挤了吗"。吼吼，光臆想一下都觉得好变态。

常识科普：关于挤肛门腺，我的建议是：主人平常多观察，甚至可以学着触摸了解肛门腺在哪儿，了解健康与不健康的区别，能自然排出时就顺其自然，没必要把"挤挤肛门腺"变成洗澡时的标配。不需要经常挤，挤是因为有分泌物不能自然排出，排出后也是有两种可能的：一、通畅了，没事了；二、就算挤了肛门腺，也不代表不会患病。

10 狂犬疫苗，主人必须知道的常识

此科普，可保命，求传播。

上周，一位女主人带着一只全身多处出现类似荨麻疹肿块的狗就诊，据她说是打狂犬疫苗引发的过敏，不仅全身性发红水肿，还呕吐拉稀，所幸还没发展成过敏性休克。

通过问诊，我了解到，这位主人收养了好几只流浪犬，带来的这只是最早收养的，陪伴了她很久。

在医院工作，经常会遇到救助人带流浪猫狗来做检查、治疗，这位是我比较欣赏的类型，有乐观的心态，比较理智科学的观念，与周遭相处，并没有"我救助所以我比别人更高尚"的气势，就像大多数宠物主人那样与我交流，相比起让天下人知道她做着有爱心的善事，更希望的是得到养宠知识。

比如，她告诉我前一段去某家医院给狗狗打完狂犬疫苗后，引发了狗狗过敏，问这样的风险是否属于正常范围？

非常理性的提问，是我喜闻乐见的，就算耽误吃饭喝水，也在所不惜。

我首先讲给她听："这些红肿荨麻疹过敏症状主要是因为身体释放的Histamine（组织胺）造成的，并造成组织液从微细血管渗出，同时刺激神经末梢引起瘙痒。这的确是注射疫苗存在的风险，但非常难得一见，换句话说，这只狗狗有中彩票的'运气'。"

为了避免一些可能产生的认知隐患，我补充：但绝不代表打疫苗是错误的……

我还没说完，乐观明理的她就抢过话：我当然明白这个道理啊！有人吃饭时噎死了，那大家就不要吃饭了；有人走路被车撞了，那我们就不要走路了；开车的出车祸，那谁都不要开车了……

换我打断她：对的对的，是这个道理，但不用比喻得如此惨烈。

我俩都笑了。

跟明白人讲话，就是简单。

接着，她又提问：因为我养狗时间长了，不少犬友会问我一些专业问题，比如：上次打的是八联，这次打五联的可以吗？我上次打五联，这次可以打十三联吗……

那天，关于疫苗，我们聊了挺多内容，不如专门写一篇，一次性科普一二。

疫苗分"核心疫苗"（Core Vaccines）与"非核心疫苗"（Non-Core Vaccines）。就像买车子的标配和选配一样。但哪些疫苗属于核心疫苗，哪些属于非核心疫苗，每个国家的规定不同。

世界小动物兽医学会 WSAVA (The World Small Animal Veterinary Association) 发展出了一套适用于全球犬猫疫苗的施打指南。

指南中指出狗的三种"核心疫苗"分别是：犬瘟热病毒(CDV 即犬瘟)、犬第二型小病毒(CPV-2即细小病毒)、犬腺病毒(CAV 指犬传染性肝炎)；猫的三种"核心疫苗"为：猫小病毒（FPV 即猫瘟，也称猫泛白细胞（请专业人士判断）减少症）、猫卡里西病毒（FCV，猫上呼吸道症候群的作乱病毒之一），及猫第一型疱疹病毒（FHV-1，猫上呼吸道症候群的作乱病毒之一）。

需要说明的是：这只是一个指南，依照不同国家的传染病流行率，会有不同，但以上所提犬猫的各三种病毒，都应该包含在内。比如在德国的犬核心疫苗就加入了勾端螺旋体以及狂犬病。

遗憾的是，我一直没有找到中国大陆地区关于犬猫核心疫苗的相关规定。不知道是没有规定，还是有其他原因。若没有规定，那就看宠物医院购买的是哪家公司的疫苗了。

在此必须提醒主人，尽量施打正规医院的疫苗，不要为了省小钱，摊上"后果很严重"。

而且，打完疫苗后要多留意毛小孩的状况，出现异样，尽快就医。

还有特别要强调的是：不管几联，最少三联一定是要有的，也就是上面所提犬猫的三种核心疫苗都必须要注射的。

最后，要提一提的是：幼犬幼猫身上会带着妈妈给的所谓"移行抗体"，在"移行抗体"仍旺盛时，可能会影响核心疫苗的效力。因此，不要太早给幼犬幼猫注射疫苗！

常遇见这样的情况：明明不到两个月的猫犬，主人说从卖主那里接回家时已经打完两针了。

我只能说，有些不良繁殖者为了缩减幼犬幼猫的饲养成本，为了赶紧卖出去，就提早打预防针，甚至根本没打，但谎称疫苗打好了，这就是出现"星期狗"的最大祸端。

基本上，预防针应该在八到九周龄才开始注射；每隔三到四周补强一次；至十四到十六周龄能完成最早的免疫注射。许多繁殖者会在六到七周龄便开始施打首次疫苗，是因为繁殖场环境压力较大，所以提早；在该情况下，因为移行抗体的可能影响，我会建议打第四针，或者先测抗体力价，若抗体足够，则无需第四针；若不足，则有必须要打第四针。

再说一次：过早施打疫苗，会因为母体"移行抗体"而影响"核心疫苗"的效力！

后果如何，不再赘言。

爱心妈妈带着满满的收获离开。

看着她的背影，我不禁感慨：如果每一位主人都有"用科学为爱心保驾护航"的意识，不幸的毛娃子就会少很多了。

而有科学养宠理念的人多了，无知的人，自然少了。

常识科普： 狂犬病症状通常有三个阶段，当然，你不一定每个症状都会看到，有时每个症状时期也会重叠。

前驱期（兴奋期）： 这时期动物通常性格改变，有的原本脾气不好的狗开始对人异常友好，或有的对主人变得毫无感情；有的出现怪食癖，如吃土、咬草、咬木头等，这些异常表现如不细心观察，很难发现。另外，对疼痛、声音、光线等外界刺激敏感；可能因为幻觉而有异常行为，比如追捕不存在的物品。

狂躁期： 过了兴奋期就进入狂躁期，开始出现流哈喇子，因为动物舌下神经及舌咽神经麻痹影响吞咽功能，而唾液里含有大量狂犬病毒。并且由于喉头神经麻痹而发出异常沙哑嘶吼声；此时已不能辨认生人和熟人，表现出攻击人的疯狂状态；恐水状态也在此时期发生。

除了狂躁期时的狂犬病较容易诊断外，其余阶段都很困难。

麻痹期：此时期动物可能出现目光呆滞、体干四肢瘫痪的情况，之后由于呼吸肌肉麻痹引起呼吸困难而死亡。

狂犬病无法在病狗生前确诊，唯一的办法是死后做病理学解剖。由于狂犬病感染力强且死亡率几乎百分之百，因此在德国只要兽医师怀疑某动物疑似狂犬病，便能呼叫公职兽医师进行隔离并安乐，主人不得有任何异议。

所以，那些不经过病理学解剖就"确诊"狂犬病的言行，是不负责任的。

第二章 你或许还不知道的宠物疾病

1 大狗，你的胃扭转了

GDV 是急诊，每分每秒都要争抢。

一对中西搭配的中年夫妇下午来接寄养的娃，欢天喜地地离开，傍晚就气急败坏地回来。

中方太太一副要吵架的样子，当然，也只有她能吵得利索。西方先生神情忧愤地领着一只身形健硕但精神萎靡的美系秋田犬，紧跟其后。

中方代表上来就质问前台："你们对我的狗做了什么？！回家后就蔫儿了，不停地流口水。"

前台姑娘还没来得及询问，主人的情绪就激动得拦也拦不住，一口咬定自家宝贝在此地受到了虐待。

火药味正浓，只听几声呜咽传来，大秋田趔趄两步，呕吐几口，看上去疼痛难耐的样子。

女人尖叫声引来院长，院长上前查看，发现狗儿前腹部鼓胀，用手敲之，传来"咚咚咚"之声，似打鼓一般。

胃扭转，必须马上手术。院长起身，吩咐众人。

女主人还试图与院长理论，大有追责求偿之势；一贯儒雅的院长难得横眉冷对：要争辩还是要狗命？

主人即刻放手闭嘴。

胃扭转（Gastric Dilatation–Volvulus），简称 GDV，也俗称为 Gastric Torsion，人也会突发此症。

GDV 是急诊，每分每秒都要争抢，若不能及时手术，很快你便看到死尸一具。

这不是危言耸听。

胃扭转就是这么危险，因为当胃被转了一圈时，血管也跟着转了一圈，血液受阻会造成全身性的血液供应及心肺问题，会导致什么后果，不用我再赘言了吧？

通常，我们会赶紧让狗上手术台，直接插针进入胃部放气，接着食道插管，排出胃部的东西，然后手术，让胃归位。

胃部回到正常位置，并不意味着危险结束，还必须观察心肺功能，数日无恙，才算结束。

两个小时后，院长出来告知手术顺利，主人焦虑缓解，疑虑未消，但态度已经软下来，依旧拉着院长刨根问底，中心思想还是他家大狗一直生龙活虎，怎么寄养半个月回家就突发急症。

院长恢复不紧不慢：你家狗狗快八岁了吧？

是的。

回家后吃了什么？

狗粮。

食欲如何？

非常好，狼吞虎咽，吃得也比平时多。

吃完饭干什么了？

在家跟我们玩了一会儿，就出去找小伙伴了……

多日不见，和小伙伴玩得很疯吧？

是，但有只新来的阿拉斯加不太友好，它俩差点打一架。

院长总结：你们久别重逢，它很兴奋，扑上跳下；然后就迅速吃饭，还吃很多；接着就外出，又是剧烈运动……对于老年大型犬来说，引发胃扭转，很正常。

女主人把院长的话翻译给男主人听，两位均偃旗息鼓，低姿态与院长攀谈，再问"胃扭转"的前世今生。

我们院长大人就是渊博，娓娓道来。

越战时期，美军利用军犬嗅觉排雷，有如神助，伤亡减少。不久，军犬突发奇症，大面积死亡，当时医疗水平难解究竟。军犬队伍告急，无犬排雷，美军伤亡剧增。白宫内立即组成特别兽医专家团，责令限时破解怪病。

专家组夜以继日，但只探得军犬死亡皆因胃部扭转，病因却始终没有定论，所以，通过排查只能找到可能发病的因素：大型犬、进食速度快、情绪激动、饭后剧烈运动……后来，美国兽医把挑选出来的军用幼犬的胃部都固定在腹腔壁上，排雷工作再无听闻有胃扭转导致的伤亡。

亲爱的主人，听了我们院长讲的故事，应该对"胃扭转"有进一步认识了吧？

至今，没有科学研究可以确切说明为什么胃被扭转了，但至少我们知道在什么样的情况下会造成胃扭转。

科学很有趣吧？

生命的构造也很有趣。

它们总是会联手留下一些未解之谜，以及一些蛛丝马迹。

常识科普：GDV通常会发生在胸廓窄而深的大型犬身上，比如：大丹犬、德国牧羊犬、

拉布拉多、金毛、伯恩山犬、古代牧羊犬等。除了跟生理结构有很大关系，生活习惯也是诱发因素之一。另有研究报告显示，老年犬发病比例较高。

如果你的狗每天只吃一餐，每餐采食量很大，吃饭速度快，吃完就进行剧烈运动……那你要格外留意，如果发现它不舒服，前腹部开始胀大，精神、食欲变差，并有流口水的现象，就算只是怀疑胃扭转，也请立刻送往医院。

2 得了巨食道症（Megaoesophagus）的狗
多一些了解，少一些追悔莫及。

13　January　2017

处理这张图片着实让我挠头一阵。

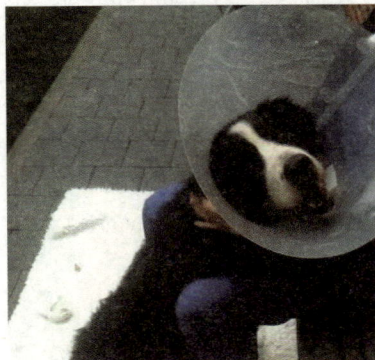

基于尊重隐私，我必须隐去图中抱着狗狗的女主角，但怎么看怎么别扭，原本美丽的姑娘被"裁掉"，怪怪的；原本想放弃刊登图片，但这张抱狗的姿态十分有代表性，狗狗基本上是半身搭在女主角的腿上，确切说是靠人的腿让它站立着……

哎，别怪我的拍摄技术了，人不能太完美。

谁在骂我"出门不带脸"？

你出来，咱俩聊聊。

呀，这么多啊，人山人海的，你们势力好大……我错了！

图片中被隐去的女主角是我在德国的同事，也是神经科的博士；图片中的场景是医院加护病房外的小庭院，是加护病房动物遛弯的地方，也是我们小憩聊天的场所之一；图片中的狗狗叫"Beisse"，八岁，一只圣伯纳大叔。

"Beisse"由于肺炎以及胃反流从外面医院转诊来我们神经科。

是的！你没看错，肺炎、胃反流跟神经科是有关系的。

狗狗开始呕吐时，主人并没太当回事儿，后来开始慢慢出现咳嗽症状，才带到邻近的医院检查，发现疑似吸入性肺炎，当地医生很聪明地想到了做钡餐造影，于是发现了"Beisse"得了巨食道症。

为什么这位医生会想要做造影呢？因为透过问诊，判断主人所指的呕吐并不是普通意义上的呕吐（Vomiting），而是反流（Regurgitation，也称食物逆流）。通常呕吐发生的几率大大高于反流，一般会在进食后1-2小时后发生，而且经常会伴有腹部收缩以及黄色胆汁呕吐物；而反流则是被动动作，还没消化的食物从食道被动推出来，食物通常也保有原形。

当然，到底是反流还是呕吐，有时并不是这么容易区分。那位医生就是怀疑反流，为了确认，做了造影，确认巨食道症（Megaoesophagus）后，转来我们神经科。

所以，主人说宠物吐了，怎么吐，是否能描述得准确，很重要！

之所以造成肺炎，是因为反流后呛到，反流的食物吸入肺部引起了吸入性肺炎。

而巨食道症正好是神经科里 Myasthenia Gravis 的症状之一。

Myasthenia Gravis（重肌无力症），简称MG，中文也翻译成"重症肌无力"。

本兽以为"重肌无力症"比较符合希腊文及拉丁文的字义：Mys——肌肉；
Asthenia ——虚弱、无力； Gravis——沉重、瘫痪。

MG 有三种形态，依照不同形态，可能导致动物行走瘫软，或是完全无法
行走，或类似"Beisse"这样巨食道症。

MG 也分是先天性的或后天性，无论是哪一种，只是发病的机制不同，但
简言之，都和神经传导物质与该受体 Acetylcholine receptor 连接异常有关。

因为 MG 导致的巨食道症，会使得食道没有力气顺利地把食物推入胃里，
因此，患有这个疾病的动物，从此以后吃饭必须——站着吃！让地心引力
助它一臂之力。

图片中看到的就是德国女博士喂狗狗吃完饭后的画面：让"Beisse"保持
站立姿势十到十五分钟，确保食物完全进入胃里。

巨食道症，或许很多主人看着字面觉得离自己很遥远，看完以上，你或许
会看看卧在你脚边的毛娃子，心想：小孩，你不会这么倒霉吧？！

侥幸心理，人之常情，我也会替你们祈祷疑难杂症、重病绝症远离猫狗；
祈祷世界和平，无战争无伤亡。

但世事天生无常，命运后面难免跟一个"多舛"；天气预报说明天风和日
丽，但很多次，一早便开始刮风下雨。

我们不必立志做一个完美的人，世上绝无完美之人和事，但我们一定要懂
得未雨绸缪、居安思危。

我们懂了，照着做了，依赖我们存活的猫狗，就少了些许风险。

不好吗？

常识科普：重症肌无力是一个人类也会患的疾病。发病初期患者往往感到眼或肢体酸胀不适，或视物模糊，容易疲劳，天气炎热等特殊时期时疲乏会加重。随着病情发展，骨骼肌明显疲乏无力，显著特点是肌无力于下午或傍晚劳累后加重，晨起或休息后减轻，所以，此种现象被称之为"晨轻暮重"。

3 有一种病，叫秒睡

它刚要张口吃突然就睡着了，众人皆惊诧。

3　November　2016

清晨，骑行在路上，微风拂面，夹着薄雨，不到十分钟的路程，我居然骑出"单车少年"的风采。往日在胸中怨怼的都市嘈杂，今日在眼里一派祥和，全赖心情上佳。

突闻校服小儿讪笑："那位蜀黍淋雨骑车，真是有病。"

哦漏，本蜀黍专治神经病。

每次遇到"神经病"患者，我就会精神百倍。

入得医院，无病患家属虎视眈眈环伺，更倍感老天恩赐。

讨杯咖啡，我就静静地等预约者前来，又如盼星星盼月亮一般。

要知道，神经科医师被点出场"坐台"的几率不高，大多主人至今不明觉厉，而我总是要口干舌燥地讲解了各个病种的前世今生，方觉有用武之地。

他们终于来了。

一只乖巧的小串串儿，走路晃悠，时稳时颤，偶尔出现昏厥或类似癫痫状。主人四处求诊逾一月，大把银两散出，亦心力交瘁。有说心脏患疾的，有说中毒的，有说缺维生素的，有说脊椎出状况的……众说纷纭，不见真凶。

听完描述，又刨根问底了几处细节，请主人带它到院外走几步给我看。

就几步！我的战斗力被高浓度鸡血点燃，瞬间满格，为保确诊，我按下激动，做了病理学及神经学检查，又做了几项特殊的神经学检查……终于，小宇宙彻底爆发——就是那个病了，在德国也并不常见的"Catalepsy"！

抱歉的是，实在不知道怎么用中文解释给主人听，看着她一脸焦虑，我极力控制了由心而生的兴奋，若洋溢上脸，实在不厚道。虽然我从开始就原谅了自己那种"如获珍宝"的喜悦，但我也十分顾及病患家属的心情。

为了让主人明白，我决定"演"给她看。

请有经验的胖助理拿出美味零食在前引诱，命主人在侧引导狗狗前进。

难得清闲的医院，大家得以上前围观，又推波助澜了我的嘚瑟，一副大幕将开，精彩纷至杳来的魔法师心态。

狗儿受到美味诱惑，表现了明显的食欲，虽然脚步虚浮，仍跟跄着勇往直前。

我对胖胖说：给它吃。

触碰到食物的狗，一下子瘫在地上，似用尽了洪荒之力，好不容易 Hold 住精神和意识，以身残志坚之势，张开了嘴巴。

然后，瞬间倒头睡去。

众人皆瞠目结舌，我笑如新皇登基，上前两步，对着狗狗拍两下巴掌，秒醒。

我是在表演催眠术吗？

并不是。

我暂且为这种罕见疾病取个昵称：秒睡病。

它真正发病的原因和很多神经性疾病一样，机制未明，科学家们仍在努力。

所以，目前无药可治，但可用人类治疗 Parkinson（帕金森）的药物尝试控制。

主人虽明白，可毕竟是无药可治的病，我又丢半粒"定心丸"过去：暂无生命危险。

之后，我会长期跟踪，同她一起顾狗娃周全。她对串串儿能若此不弃，当它是宝，千山万水地寻医问诊，我理应赴汤蹈火。

罕见病例退下，好心情绕梁三日，我犹获神功附体，必须记录在案，破解疑难杂症的爽，跃然纸上，又是一番风生水起，请允许我骄傲一下，估计会导致失眠。

恰逢明天有课数堂，除了医学专业，我还想对学生说：问诊很重要，也是一门需要训练的技术，问得好，事半功倍；问不好，糊涂先生一枚。

糊涂先生错过的不仅是罕见病例，还有，主人的信任，和宝贝们的生存机会。

常识科普：秒睡病，与人的睡眠相同，动物的睡眠也有两个过程：Slow wave sleep 和 Rapid eye movement（REM）sleep（或称 Paradoxical sleep）。正常情况下，我们要先进入 Slow wave sleep 然后才进入 REM sleep 阶段（也就是熟睡做梦的阶段）。而患有"Catalepsy"症状的动物因为脑部睡眠中枢受损，会略过 Slow wave sleep 直接进入 REM。

极恶性口腔非黑色素黑色素瘤是神马

你咬我千遍万遍，我待你依旧如初恋。

9 | November | 2016

"杰克"又来了，因为坏脾气，因为黑色素瘤，我给它取代号叫"黑杰克"。

如果不查记录，我实在记不清这是它第几次出现在我面前。

但可以确定的是，它的肿瘤又复发了。

极恶性口腔非黑色素黑色素瘤，是它所患疾病的名字。

读起来很拗口吧？

当初把这名字说给"杰克"主人时，我也差点儿咬着自己的舌头。

那位底气十足、声音洪亮的胖大妈安静了十秒，愣愣地看着我，一定以为我是在练绕口令。

哦漏，在下没那么闲。

我告诉大妈，这种恶性肿瘤因其性质及生长位置，就算开刀摘除，也极有可能在短期内再次复发……

平时我说话就比较慢，为了能让大妈听得仔细真切，语速又放慢半拍。

结果我话音未落，大妈就掷地有声：先摘了这个，以后长了再说。

作为兽医师，很多时候我们不能帮主人做决定，但不代表我们心里没有期盼的回复。

大妈的回答，意料之中。

当她挽起裤管给我看"杰克"咬的疤痕，并大刺刺地介绍它把全家人都咬遍时，我就知道她会如何选择。

只是，"杰克"，你也太狠了吧，年纪一把，火气还这么大，上辈子是个炮仗吧？！

第一次给这个"炮仗"听诊我也是扎扎实实当了一把"神偷"。

一番斗智斗勇下来，老家伙剑拔弩张依旧，我全身而退机敏异常，我俩算是势均力敌。

特别要感谢自己平日里对犬行为学的关注，始于兴趣，忠于职业，虽只晓皮毛，防身足矣。

当然，最感激的还是胖大妈现身说法的预警。

说感激涕零不算夸张。我见多了那种足够"自信"的主人，说"我家狗从不咬人"时笃定万分，结果五秒后医生医助就血流如注的例子。

"自信"主人们也多是蛮可爱的，一脸无辜，好像他家狗咬的不是人。

所以，"我家狗从不咬人"这句话，一度让我开始怀疑人生了。

老"杰克"，你又来摘瘤子了？

"OS"假装轻松地用了一个"又"字，一分俏皮，无限感慨。

一次、两次、三次、四次……每隔一两个月，肿瘤就会在"杰克"身上复发一次，胖大妈高亢的嗓音也变成了诊室里的常客。

她时而豪情万丈：长了就切，切到不能切为止！

时而落寞唏嘘：不切怎么办呢？它精神那么好，能吃能喝能咬人，我怎么能就这样放弃呢……

其实我知道大妈坚持得不易，理智与情感定是水火不容，所以，无论她豪情还是落寞，我都无言以对，能做的，只有两件：不被"杰克"咬到，以及把它的瘤子摘掉。

今天，进手术前，胖大妈突然走过来拉住我：林医生，你放心动刀子，出什么事儿我都不会怪你的，我知道它年纪大了……

这样的嘱咐很少听到，四两话，却有千斤重。

是的，我明白。

但是，亲爱的大妈，你知道吗？每当自己手里走掉一个生命，无论多么"理所应当"，我心里都会充满自责与不甘。自责的是为何自己没有斗赢死神的特异功能，不甘的是奇迹为何没有发生。

但是，亲爱的大妈，谢谢你的信任和理智，让我可以努力去做我该做的，也能做到的一切。

老"杰克"还在，吃饱喝足了估计还是暴脾气一个。

那又怎样？！主人还是会待它如"初恋"啊。

那个叫作极恶性口腔非黑色素黑色素瘤的神马鬼东东，还是会重生吧？

那又怎样？！肿瘤君，尽管放马过来，本兽奉陪到底，手起刀落伺候着！

常识科普：狗咬人多数情况是因为自我保护意识的强化，而非是因为怕打针、怕疼、怕陌生人。如果可能，在幼犬时期就寻求行为专家的帮助，改掉咬人的习惯。

宠物医疗工作者应当尽可能多地掌握动物行为常识，不为成名成家，但求不被狗咬伤、不被猫挠成花。

5 法牛先生肚子里的铃儿响叮当

有些人类觉得很有趣的事情，其实是狗的灾难。

我们医院有位胖助理，他为人开朗，业务娴熟，一眼望去，人见人爱，除了胖，好像没什么"缺点"。

哎呦，胖怎么了？！我们胖子又没吃你家粮食，睡觉是打呼噜，怎么了，又没睡在你家。

但胖胖最近有点不开心，因为医生跟他说"肥胖导致脂肪堆积在呼吸道周围，使得呼吸道被挤压而狭窄，造成打鼾以及睡眠呼吸终止症候群"，最可气的是，医生补刀：再不减肥，就等死吧！

现在人医说话都这么直截了当不加修饰吗？我喜欢。

于是我接着补刀：胖胖，来让本兽看看，你是不是软腭过长？

胖胖用眼神怼过来：好像你多苗条似的。

我们家胖胖当然不可能是软腭过长，但昨天来的那只法国斗牛犬是。

一岁的法牛先生定了今天要做软颚切除手术，我虽休息，但还是去医院给自己加了个班。因为主刀的是台湾外科第一把手，所以我毛遂自荐当助手。

院长大人，给加班费吗？

像法牛这种短吻狗，最容易有的两个问题：一是鼻孔狭窄导致呼吸困难；二是软腭过长，导致呼吸困难……是的，两个导致呼吸困难的因素加起来，就是呼吸非常困难。

家有短吻狗的，除了法牛，还有英国斗牛犬、巴哥犬、北京犬这样的，主人对它们山响的呼噜声一定不陌生吧？有一位朋友是这样形容自家狗狗的：你看它那么小小可爱的一个，打起呼噜来，好像我家天天睡了一个二百多斤的壮汉。

还有人专门录了狗狗打呼噜的声音放到网上，评论排着队说：好可爱啊好可爱。

真的好可爱吗？！

如果它们二十四小时都处于"上气不接下气"的呼吸状态，不是好可爱，是太可怜了。

很多人觉得它们拟人化的呼声很有趣，但其实那是呼吸困难啊。

所以，法牛先生需要做两个手术：鼻腔扩张和软腭截短。

按惯例，术前为了确认心肺功能，给它拍了 X 光，拿到片子，我们有意外收获。

昨天是圣诞节哦，法牛先生还真应景，昨天一定是参加 Party 了吧，肚子里居然"藏"着小铃铛。

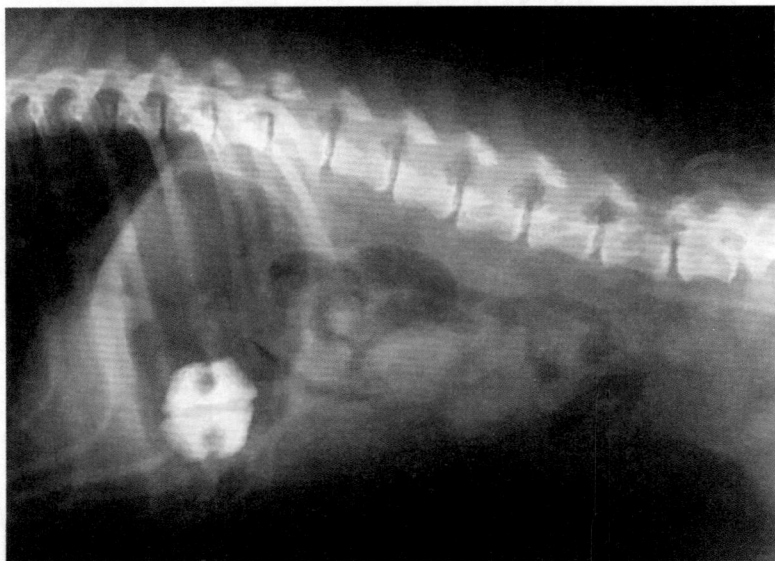

知会主人，本以为他会说"哦，怪不得圣诞树上的铃铛少了"，不料获悉这可能是它脖子上原本挂着的饰物，半年前不翼而飞，要拿出来才能确认是不是同一只。

我暗自唏嘘：这孩子的胃够强壮，命也算大。

据说它只是偶尔呕吐，其余吃喝拉撒一切正常。

起初我们讨论的是把三个手术（鼻腔扩张＋软腭截短＋异物取出）一起做，但后来因为它的软腭实在又长又肥厚，切除伤口较大，考虑到复原状况，就决定让铃铛多留肚里几日，随时观察，必要时再提早取出。

和觉得"狗狗打呼噜很可爱"一样，有些主人在X光里看到自家宝贝吞食的各种匪夷所思的物品时，首先会出现"好神奇啊"的惊喜表情，虽然也有那么一点点错愕，但抑制不住的猎奇心理还是被我看到。

这些，真的一点都不好玩；这些，绝不是圣诞老人悄悄塞在袜子里的礼物，它们更像是恶魔嵌在生命里的一个又一个的糖衣炮弹，人类却只看见了五彩的糖衣，说，好可爱。

多想想炮弹好吗？别让它们引爆在那些无知的爱里。

常识科普：正常情况下，软腭会在呼气吸气的时候抬起，其余时间盖在气管入口上，保护食物或口水不会进入气管，但如果过长时，在呼气吸气时抬起仍无法让软腭充分离开气管入口，便会造成呼吸管道过于狭窄，导致很典型的短吻犬呼吸模式和老是打呼的问题。

那些看起来很面部"纯平"的可爱狗狗，十之八九有这个问题。但是，繁殖者与购买者还继续盼望着看到它们越来越短的鼻子，就因为人类畸形的喜爱。

谁说"会阴疝"是公犬的专利

造物主不按常理出牌，我们必须见招拆招。

| 9 | March | 2017 |

在手术台上等我的是"妮妮"，有点特别的一位老病号。

十一岁的约克夏母犬，曾患有坏死性脑膜炎，但这次来不是为了旧疾，它的脑炎神经症状已经得到控制，这一两年都很稳定。

旧疾无恙，新患来袭。

主人怀疑它屁股后面出现了肿瘤，描述时充满诧异：这颗"肿瘤"时大时小，狗便便（排便）变细了，不知道是不是跟奇怪的"肿瘤"有关系。

我补充形容：这个神奇的东西是不是像气球里面装了水，外面还包了一层布，摸上去软软的，不仅时大时小，还时有时无，神出鬼没的？

主人点头如捣蒜，像遇到了一个很灵的算命先生，句句戳中要点。

暗自得意两秒，示意助理把"妮妮"抱上诊台。

虽心中有数，仍需上手确认。

的确是会阴疝（Perineal Hernia）。

主人听闻，脸上升腾出一种莫名的怪异，有种哭笑不得的惊讶：我们"妮妮"是女生啊。

我点头：我当然知道了。

主人真的快哭出来：不是只有公犬才会得这种病吗？

这话听着怪怪的，主人满腹的嫌弃从何而来？

换我哭笑不得：谁跟你说的？！

主人未复，一脸怅然。

其实我根本不想知道是谁说的，类似这样的传闻也好，误导也罢，养宠坊间，网络江湖，从来都是一套一套的。不能怪主人们茫然，科学与真理面前，火眼金睛的毕竟不是普罗大众的"神力"。

但主人的惊诧也是可以理解的，的确，这个疾病通常是发生在没有绝育的老年公犬（六岁以上）身上，因为荷尔蒙的影响，造成骨盆横隔肌的衰弱萎缩，罪魁祸首是——不！绝！育！

母犬出现会阴疝的确相对少见，所以，我说"妮妮"有点特别。

别问我为什么，我也不知道。

造物主不按常理出牌通常不会告诉我们为什么，我们只管接招就好。

再说"妮妮"的特别。它不仅脑部有旧疾，还有严重的心脏病，无疑增加了麻醉的风险。

所以，当麻醉师向主人详细阐述后，太太无助地看了先生一眼，他们之前的担心和犹豫再次形成纠结。

最终他们还是选择了手术，因为会阴疝的隐患可能会严重影响狗狗的生活质量。

手术过程算是平稳，但也得尽快结束，以减少长时间麻醉带来的风险。

说实话，很多时候，主人的勇气和信任对兽医师来说，也是一种莫名的鼓舞。

说到会阴疝，前两天还有一例。

主人先是发现"疑似肿瘤"的同时，还觉察到狗娃有便秘现象，后来严重到一周没排便。赶紧带去家附近医院，挖了大便出来，也被诊断会阴疝，约好要来我们这里做手术。

虽已有结论，但我还是会再检查，以免别人误诊我跟着跳坑，最怕的还是让不会说话的娃受罪。

亲自确诊，以防万一，勿忘心安。

检查后，的确是会阴疝，但当场并没有明显脱出的现象，可能是跟刚挖完大便有关，所以告知主人，术前我会再做 Double Check，主人应允。

大部分主人对"动刀子"这件事会有莫名的恐惧，非常合理，这位也是，下意识地问：有没有不动刀子的其他办法。

我笃定告之解决会阴疝的唯一办法就是手术，把肌肉补好。

接着补刀：最好把"蛋蛋"同时割掉！

常识科普：会阴疝指的是腹腔里的脏器（通常是肠子或膀胱）经骨盆腔横隔的肌肉与筋膜由会阴部脱出，这个疾病人也会得。当脏器脱出时，病患屁股会出现异常膨大的情形，通常主人会以为是长了肿瘤，但肿块的时大时小也会造成主人困惑：咦，刚才还摸到，现在怎么又不见了？会不会有问题，那就纯粹是几率问题了。

那为何便便会变细呢？试想一下，肠子脱出，自然会造成排便异常，这算轻微的了，严重的还有可能造成肠道发生扭转，导致组织坏死；如果是膀胱脱出，就会导致无法排尿，从而引发一连串的尿毒症、高血钾等等的并发症，危及生命。

这位先生，你没怀孕，
你得了库欣氏症。

骑白马的不都是王子，大肚子的不都是孕妇。

| 22 | March | 2017 |

"卷毛"来到医院，大腹便便，步履蹒跚。

众人好心让道，"啧啧"感慨：这么大的肚子，怕是要生了。

怎么会呢？

科学技术还未发达到能让公犬怀孕的地步。

"卷毛"是一只得了库欣氏症及糖尿病的老年贵宾犬，目测的确是一个大肚娃，它的内分泌出了状况。

老夫妻俩领它到我面前，我正在看它的就诊记录。

之前的医生就怀疑内分泌问题，焦点也集中在库欣氏症（Cushing Syndrom），但二老当时不愿意做进一步的检查，等到不得不时，我只需稍微"恐吓"一下，遂就范。

结果不出意外。

开了药，嘱咐主人别粗心大意，回家要留意狗儿状况，虽是慢性病，但库欣氏症可能造成神经系统疾病，也可能因激素过多产生肺部栓塞，而导致生命危险。

得了这种病的动物，除了下垂的大肚子和皮肤的变化之外，还有吃得多喝得多尿得多、肌肉无力等症状。

如果要详细解释，难免枯燥，除非你是兽医专业，必须要上一堂内科课程，否则，简单了解常识即可。

库欣氏症也称皮质醇增多症（Hyperadrenocorticism），也就是糖皮质类固醇过多造成的一连串病症，类固醇，俗称：激素。

这种病，不好意思，人类也有，女性得病率高过男性；狗比猫容易得；马也会有……

病患有被糖尿病"染指"的可能，"卷毛"就中标了。

我尽量用通俗易懂的解释"恐吓"了老两口，看得出，他们对"糖尿病"的认知远高过"库欣氏症"，我已经很满意了。

只要有一个痛点能够引起主人重视，就不枉我的苦口婆心。我是一个拎得清的兽医，不会口吐莲花地去炫专业名词，把人家搞得一头雾水反而不利于他们对治疗方案的理解，若不理解，如何谈配合，又如何获得信任呢？

术业有专攻，主人听不懂不可笑，兽医讲不明白，才可悲。

但有些时候，就算讲得明白，主人也听得明白，结果还是很无奈。

黑色拉布拉多"多多"从二楼摔下来，小个子女生把它抬进来费了一些力气。

虽然是横躺，目测看，"多多"若站起来，个头应该不比主人矮多少，这么个大块头从二楼直接四脚落地，我十分担心它的内脏。

所幸，检查结果显示，内脏没什么问题，但右脚脚趾骨折，左脚韧带疑似断裂。所以，"多多"走起来两只前脚不是趾头着地，而是整个脚掌，像熊一样。

可怜的娃，一定很疼吧。

可惜的是，主人嫌包扎太贵，决定不治疗，带回家观察看看，说了句什么"鸡皮狗骨头"，潜台词好像狗骨头硬，伤了没大事儿，自己能长好。

她说的我不懂，我说的她很清楚，最后选择权却在她。

我能怎么办呢？"恐吓"无效，只能让她签字，走人。

徒留一声叹息。

别说我"狠心"，更别试图道德绑架，即便医院是我开的，我也得吃饭，饿死了，键盘侠磨刀霍霍都找不到人。

看诊有时就是赌博，赌主人们在心知肚明后的，良知。

常识科普：糖皮质类固醇（或糖皮质激素）是用来干吗呢？它是由肾上腺分泌，具有调节糖、脂肪、蛋白合成与代谢的作用，同时还有消炎及抑制免疫的功能。因为太厉害了，所以，发现这个激素的科学家获得了诺贝尔奖，哮喘使用的药物就有糖皮质激素的成分。

但这个东西不管是体内自己分泌，还是体外给予，过多，过少都不行。当肾上腺糖皮质类固醇过多，就是库欣氏症；过低的，叫作爱迪生氏症（Morbus Addison）。

猛犬、女孩和兽医

或许我们有更好的选择，但那个选择里若没有了"你"，便不完整。

29 December 2016

今天它来复诊，助理们照常在诊室外围观，脸上有惊喜。

几个月前，它还偏瘫着，现在，能跑能跳。

它依旧对生人警惕戒备，随时面露凶相，大块头有大脾气。

它依旧是主人的心肝宝贝，揽着、搂着，画风混搭地温柔相依。

四十多公斤的罗威纳，猛男，四岁，生人勿近。

妈妈是中国人，爸爸是老外，爱犬如子，视如己出。

猛男病了，父母分外焦心。

来找我时，它右边的前肢与后肢偏瘫。

因为具有强烈的攻击性，看诊时，我是不允许助理进来的。有些神经学检查主人可以在我指导下完成，我在旁边观察、判断，但有些必须亲自上阵，我只能偷偷摸摸近身、小心地摸摸捏捏……还好当时它只能瘫着，要不我的手还能不能留在胳膊上都是问题。

真不敢想象，若鲁莽一些，白目一些，会是何光景？

该是要"卸手"归田，告老还乡了吧？

猛犬离不开兽医，兽医离不开手啊，相爱别相"杀"，留着我，总有用。

诊断出来是颈部的脊髓问题，单侧损伤，所以造成右边的肢体偏瘫。

后来去照了核磁共振（MRI），拿影片回来给我，看完后我怀疑是Fibrocartilaginous Embolism，FCE（纤维软骨栓塞）。

我给开了药之后，并教他们怎么帮它做复健，也说明要做好"持久战"的准备。

两位主人爱狗之心，一目了然，所以，我相信他们不会放弃。

但男主人的选择还是出乎我意料，他干脆把工作辞了，专职在家充当猛男的贴身看护，把复健做到细致入微。

这么重的一只"庞然大物"啊！

外国人还真有毅力，就这样持之以恒地帮它做了几个月。天天热敷、按摩、神经刺激、站立训练、游泳……

慢慢地，狗开始能跑能跳了。

目前"大块头"的右后肢已经可以活动自如，但右前肢由于当初过度强直，导致肌肉僵硬，现在还没有完全复原，仍需继续做康复训练，帮助右前肢正常弯曲。

所以，复健的路，还有漫长的一段要走。

对于这个结果，夫妇俩已经头顶曙光，热泪盈眶了。

女主人告诉我，这只狗对她先生意义重大，而且他们的生日还是同一天。

所以，无论如何，绝不会放弃，希望帮它恢复正常的生活品质，他们都相信这一天会到来的。

我由衷地对外国人说：你的选择很伟大。

他淡然微笑：它是家人，换作你，你也会。

我心翻腾，不由自问：换作你，你也会吗？

说实话，不确定，我不确定自己是否有这样的毅力。

有些话，说起来轻飘飘，做起来如磐石；有些事，知易行难；有些选择，意味着付出和放弃。

想着想着，脸有些发烫，诊室外，二三助理散去，留下一个年轻的身影伫立。

是最近才来医院实习的小女生，十九岁，正在念 UC Davis 的预科。

她告诉我她准备申请去读 UC Davis 的兽医课程。UC Davis 是美国一家非常有名的兽医学校，学成归来，必成大器。

女孩的妈妈是台湾人，爸爸是香港人，她在上海长大，念国际学校，会讲粤语、上海话、普通话，还有英语和法语，也听得懂闽南话。

这样的孩子，有无数种可选的未来。

她选了兽医，理想是念完回国，在上海执业。

辗转波折联系到我，她问能不能来实习，虽然还没有什么临床经验，但想来多体验、学习。

我问她为何选了兽医，是否想好了以后打交道的是病猫病狗，是屎尿脓血。

她只告诉我她家的狗以前有神经症状，是我给医治的。

女孩说，这份工作好有意义。

如一道曙光降临。

我想不起那是何年何月的遇见，但我不会忘记她今天的选择里，有一只狗。

愿所有因爱而生的抉择，永远鲜活而美好。

常识科普: Fibrocartilaginous Embolism, FCE（纤维软骨栓塞）通常发生在大型犬，任何年纪都可能发生，少发生在猫，而且通常症状是单边偏瘫。除了 FCE，还可能是第三型椎间盘突出，无论是哪一种，影像上显示与发生位置都很类似。

论一个兽医被虐后的心理阴影面积

总的来说，我是一个没有"初恋"的人。

| 10 | April | 2017 |

我的诊疗态度看上去是强硬大于妥协的，作为服务型行业的人来说，或许不该这么"霸道"。

但其实我也就在写日记时用文字逞逞能，抒抒胸臆；现实的诊室里，最多"OS"嘴贱一些，图个心里痛快。

反正，从业至今，我没和客人吵过架，更没打过谁。

当然，也没被谁打过。

书归正传，说说昨日感慨的出处。

今天周五，平常人奋战"忙 Day"不容易，作为周一和周五休假的人，我不拉仇恨，说点我不开心的，让你们开心一下。

上周某天一大早，就被一位大姐虐了。

大姐瘦瘦小小个子很矮，气焰很高。带着一只串串儿，有点儿京巴的样子，乖乖的，没主人那么聒噪。

没等我开口，大姐就连珠炮：你就是那个德国回来的博士啊……它脑袋歪了两三天了，还吐了几次……对了，你姓什么来着……

我刚想开口，她突然掏出手机，吓我一跳，以为是暗器。

——大姐，您练的是什么功？

我正抬手想去摸摸狗，大姐手指滑着屏幕，低头闷声：我查了，说这种病叫"前庭症状"，网上说的症状它都符合。

我的"OS"茫然了：这位女侠，您来找我有何贵干，考试、比武，还是踢馆？！

一时间，我竟不知自己应该干什么了。

定了定神，给狗狗做了理学和神经学检查，确定是她说的那个病，而且是"周边性的前庭症状"。

她让我重复一遍，估计没听懂，自言自语来一句：什么鬼，网上没写。

然后很霸气地问：你说，怎么办？

小的我如实禀报：首先，我需要给它拍个 X 光，看看内耳是否有问题；然后，做血检，一方面是为了排除其他可能造成前庭症状的因素。另一方面呢，狗娃十岁了，N 年没做过体检，我想知道它更详细的身体状况。

大姐手一挥：X 光可以拍，血检不必了。

好咧，在下也料到了，没指望您能全都答应，但咱能不能商量一下，内脏部分的生化血检可以不用，但至少让我了解一下红白细胞的指数吧，看看内耳是否有感染，若有，是否严重，让小的我心里有个底。

大姐豪迈，挥挥手，大有"恩准"之意。

助理拍了两张片子，不同角度的，我仔细看完，指着其中一张跟助理说：这个角度麻烦重拍一张。

大姐不乐意了：为什么要重拍，是不是操作失误？

我赶紧解释：动物不像人，可以乖乖按照医生指示一个角度一个角度拍，所以，稍微动一下，就会有偏差。而且内耳的角度本来就刁钻，重拍是常有的事儿。还有，大姐您放心，重拍不算钱的。

她还是不依不饶：算钱我也不给啊，这是你们操作的问题；再说，我家狗遭受大量的辐射，我还得找你们要赔偿呢。

我接着好言好语：动物拍摄时辐射的剂量很小，对狗狗身体真的不会有影响。您要是还不放心，这样吧，我先去拍一张，绝不穿防护衣的。

大姐不领情：你拍有什么用，又不是你有病；你不是说它会动，不听指令吗，再拍坏了怎么办？

我心里已经有点冒火了，但嘴上还是温温的：那给狗狗打针镇静，可以确保一次拍成功，这样行吗？

大姐终于闭嘴了。

拍完，血检结果也出来了，我据实以报：根据仅有的信息显示，我怀疑狗狗得的是 Geriatric Vestibular Syndrom，也就是老年性的前庭症状……当我巨细靡遗地说着此病的来龙去脉、注意事项时，大姐好像游走在另一个世界，她身边飞舞的全是"我不听，听不懂"、"什么时候讲完"、"你跟我讲这些有什么用"、"你说的这些网上都没有，你是不是忽悠我呢"的因子，个个挖着鼻孔，嗑着牙花子。

终于，我说到治疗方案了，大姐突然抬手，又吓我一跳，又有什么暗器？

她说：什么药都不用开，你不是说了吗，这种老年病不借助药物也有可能自己好的吗？那干吗还要吃药？

哦，是我错怪大姐了，她不是没有听我说话，只是捡她觉得重要的听了。

大姐好"睿智"！

看着她犹如打了胜仗一般的背影，我"OS"高声呼喊：这位女英雄，脑子是个好东西，可惜你没带出门，白瞎一身好"武艺"，打败的只有自己。

我说得很清楚：药是用来预防的，因为你没有给我做完整检查的机会，不怕一万，就怕万一，遭罪的不是我和你，是这无辜的狗娃！

女侠绝尘而去，在下欲哭无泪。

谁说的！客户虐我千百遍，我待客户如初恋？！

你给我出来，我让你看看一个宁可不要"初恋"的兽医的心理，阴影面积有多大。

OMG！

常识科普： 平衡系统从内耳开始，然后一路延伸到脑干之前，都称为"周边前庭系统。从脑干开始，进入前庭神经核，平衡讯号会被传递到小脑、脊髓、第三第四第六对脑神经、网状系统等等，这些部分称为"中心性前庭系统"。临床上，很重要的是先区别损伤是属于中心性还是周边性，一般来说，周边性的比中心性的恢复正常的比例高一些。

使平衡系统失调的原因有很多。就老年动物来说，当理学检查、神经学检查、血液报告甚至核磁共振没有显示任何异常时，会称为 Geriatric vestibular syndrom（老年性的前庭症状），可能只是因老化前庭神经退化造成，因为没有检查出任何问题，因此还可以称为 Idiopathic Vestibular Disease，即自发、不明性前庭性症状；也由于狗狗常因无法保持平衡而翻倒，又被称作 Old Rolling Dog Syndrome，意为老狗翻转症状。

10 擅于玩大便的，都是天使

用"玩"字，是一种调侃罢了。

| 15 | July | 2017 |

前不久去外地讲了几堂专业课。

外出这几日的行程不比在医院轻松多少，但还是蛮开心的。除了讲课，还会了老友，聊聊生活，叙叙友情。

他问我在上海可还习惯，我问他初为人父心境有何不同。

友满脸写着幸福，说起新生儿，自是洋溢着"天使到人间"的气息，不管趣事还是糗事，都自带父爱光环。

幼儿不满周岁，是最好玩的时期，总能制造出惊喜，有时亦令人哭笑不得。

据友供述：某日中午，夫妇二人午睡前忘了给娃娃穿纸尿裤，醒来时发现幼儿一反常态不哭不闹还"咯咯咯"地笑。原来，娃娃自产一泡分量很足的粑粑，然后就很愉快地玩耍起来。

友和太太看见的场面是很酸爽的：娃娃满头满脸、床上、被子上、墙上……都是粑粑。

若是外人遭遇，估计眉头得拧成疙瘩，胃浅的没准还得吐一吐，但友却乐呵呵："乍一看，还以为毕加索来我们家了呢。"

我笑着附和："如今你谈论屎的心态啊，和我们兽医有一拼。"

友不是同行，我想若不是新晋当了爸爸，恐难和我在饭桌上把"玩屎"的事儿说得那么妙趣横生；若不是十分知晓我的工作内容，亦不会形容得这般口无遮拦。

容我美化一下，这世上能把屎尿"玩"得不亦乐乎、理直气壮的，且可以用天分和职责来归纳的，唯婴儿和医者也。

前不久，我们医院的四位白衣天使就组成了一个临时的"玩粑粑"天团。

一只名叫"毛球"的便秘猫，严重的便秘导致肚子被便便塞满，只能靠手工挖来缓解胀肚之急。

于是，四个人花了三十多分钟，扎扎实实与猫屎做了一场斗争。

给各位看一下 X 光片。

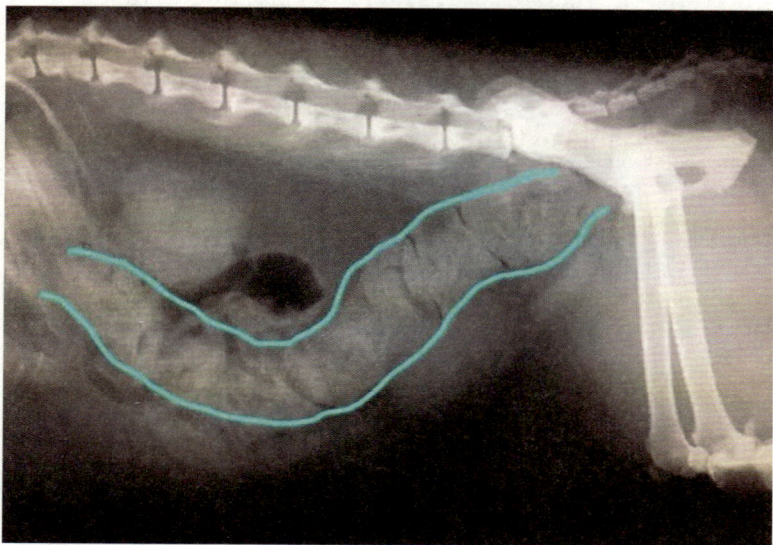

蓝色线条勾勒出来的是大肠后半段，里面闪亮亮的全是——屎！它正向着出口处努力前进，无奈道路十分拥挤，不仅搁浅，还越来越多，越来越硬。

"玩粑粑"四人组结束作业后来报：挖出的大便里混合了大量的猫毛。

这正是导致猫咪便秘的原因。

不过依照影像显示，也不排除另一种可能：巨结肠症。

今天下午还接诊一只排泄有问题的小猫。

先是接到主人电话：两天前切了蛋蛋，回家后吃喝正常，但就是没见拉屎撒尿。

——几天？

——两天。

——啊、啊、啊？

资深宠物主人应该很清楚我为何会连"啊"三声，对！就是尿尿这件事儿，四十八小时不排尿就有可能对生命造成危险了。

排尿比排便要紧，便秘之事在人身上都常见，比如到外地出差，换了环境，水土差异，情绪波动都有可能导致排泄不畅，两三天不拉倒还好，但一天不尿就麻烦了。

很快，主人带着一岁的小猫出现在医院。

膀胱的确不小，B超下却没发现大问题，导尿时也非常顺畅，这么看来，应该是情绪导致的尿闭。

主人求科普，我娓娓道来：猫的确偶尔会出现这种情况，尤其是在遭受压力，或者情绪紧张时，会造成自发性膀胱炎或尿闭。我猜测你家娃是因为"蛋蛋的哀伤"（绝育），心情不爽，所以不尿。过两天等它适应了无蛋的日子，应该就能恢复正常了。

我的日记里写过不少和屎尿有关的故事，每次都用较为诙谐调侃的方式，但内心却无比认真严肃。

谈论屎尿，在很多人看来是难登大雅之堂的，之于我，不仅不污秽，还带着几分科学的神圣，尤其是毛娃子日常的拉屎撒尿，不管书面还是当面，日日次次都会提请主人们重视起来，像对待不会说话的婴儿那样，把毛娃子的嘘嘘粑粑也当作头等大事吧。

婴儿和毛娃子都是天使，他们的屎尿都可能隐藏着另一类信息。

比如，啼笑皆非的创作；比如，健康状况的晴雨表。

常识科普: 巨结肠症(Megacolon)指的就是结肠(即大肠最后一段)过度扩张及无力，导致无法正常排出蓄积的粪便。可能是先天造成，可能是神经性的，也可能是和结肠平滑肌的功能异常有关。当然，重复性的便秘也是造成巨结肠症的原因之一。

通常的治疗手段首先是: 手工挖出便便。

第三章 急诊 Call

"木乃伊"走了，面粉狗来了

不惧平凡，但求平安。

8　　January　　2017

我好像特别喜欢用"兵荒马乱"来形容医院里忙碌的景象。

有时候觉得写作真的是个苦差事，因为才疏学浅，很多感受，当下惊心动魄，等回到纸上，竟找不到更多的形容词来还原那份跌宕，有时候是词穷，有时候是觉得再丰富的词汇也难描述到位。

但比特殊事件更难记录的是，平凡。

因为我常把故事写在"日记"里，难免有些集中，很多人可能就会觉得我们兽医的生活日日如好莱坞大片，血腥有，惨烈有，魔幻有，悬疑侦探，外加人性伦理，最好再来个穿越……哎呀，厉害了 Word 二十四小时，吃饭喝水都能变出个科学怪人。

其实，最难写的是平凡，最普通的病例、最乏味的迎来送往、以及最简单的相遇，但这些夹杂着我最自然的喜怒哀乐，拉拉杂杂的细节，就像没有加特效的影片，仅光影流离，就把枯燥的日子摇晃得五光十色。

你若珍惜，便知平凡的珍贵。

但今天来的这位，绝不能用"平凡"来形容。

进门时我手里有病例，眼见着主人捧着一团"异物"大呼小叫，看上去是急诊，很快就被同事接手，消失在我的视线里。

等忙完我的，再去瞧，一只被剃掉半身毛的贵宾犬，另一边的毛发好像被什么东西黏住，怎么形容呢……像被人踩过三天三夜的雪地，反正大概就是那样吧。

助理嘟囔：剃刀都坏了两把。

主治医生在一旁跟我抱怨：又是烫伤的。主人在网上看到说洒面粉能治，然后就这样了……

我看了一眼可怜的娃，暴露出来的皮肤上伤痕累累，另一边，面粉残渣和着分泌物把毛发结成了饼状，比"犀利哥"还"犀利哥"！

前台姑娘唤我看诊，我拍拍同事：加油，再做一个"木乃伊"吧。

半个月前也是他，接诊的也是烫伤的娃，据说是在浴缸里打翻热水瓶被烫到的。至今我都想不明白这件事的合理性，浴缸、热水瓶、狗……真要有穿越的本事就好了，我定要看看这些风马牛不相及的事物是怎么连在一起的。

那次我参与了包扎，伤员被我们裹成了一个木乃伊，可惜住院五天就被主人领走，嫌贵嫌远，说是带回家自己照顾。

同事与我谈论起来，还是充满担忧。有些伤刚开始看起来不严重，之后慢慢烂出来，很多地方变黑。一些刚开始看起来不错的组织在二到三天后才能显现出烫伤的痕迹，而且还会发炎，脓疱也会跟着发出来。

但这样的外伤只要治疗及时，照顾周全，痊愈只是时间问题。

我曾经在德国的医院里遇到过一个渣主人，因为嫌贵嫌麻烦就要求给狗安乐（本兽心里永远给他留个中指！）。

但愿"木乃伊"的主人比那个人渣有人性。

面粉狗很快也变成简装版"木乃伊",内服外用都处理完,住院观察。

一般烫伤,内用主要是抗生素,外用是预防感染,促进肉芽组织与上皮组织生长。但这样的病号住院时间会比较久,就算带回家自己照顾,每天来换药也是对主人耐心的考验。

以上都先不谈,我比较愤青的是主人对网络的迷信。

关于烫伤,我相信度娘能给出无数免费的偏方,什么洒面粉洒糖、敷蛋白、泡椰子水、涂牙膏、抹醋抹酱油(再来点芥末,要吗?!)……感觉烫伤后非得糊上点东西已经成为某种仪式感的标配,我能问问度娘,要是"药"到命除,您有起死回生的偏方吗?!

哎,其实也怪不得度娘,白痴太多,你们坚守"信度娘得永生"本兽绝不拦着,往你们自己脑子里洒面粉就好,别来祸害动物,行吗?!

网上的"秘方"铺天盖地的,都特么谁写的?!我要是真能穿越该多好,全都揪出来,摁浴缸里,用热水瓶里的水浇灌一下,再洒上面粉……

放心,我自费,一定买最贵的富强粉;放心,我比度娘负责任,绝对给包成最考究的木乃伊,免费供人参观,主题是:面粉治疗烫伤的使用说明。

这番YY好爽,好似替"面粉狗"报了仇一般。

别怪我太"残暴",给你们看看被我们包成木乃伊的狗狗,全身大面积烫伤的惨状,它们把命交予我们,不求荣华富贵,不求锦衣玉食,不过是求最平凡的日子,不想,却惊悚地成了"木乃伊"!

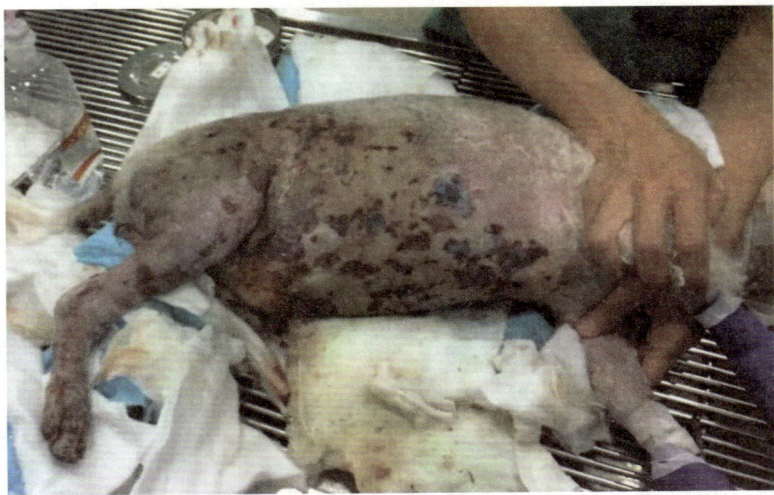

你们看着痛吗？

我痛！！

常识科普：跟人的烫伤、烧伤相同，在动物身上的烧烫伤也以面积及深度，不同分级。而且也跟人的烫伤相同，不要仅凭外伤判断，因为组织被热破坏，血管壁的通透性改变，可能会造成全身性血液、电解质、低血压、血栓甚至败血及多重器官衰竭。及时的治疗并观察，至少 72 小时观察血液及电解质状况，才可判断是否逐渐脱离危险。

2 Ibuprofen 中毒，哈士奇变成 "瘫吐拉"

不要用自大的人类视角去看待所有的动物。

前方高能预警，本兽今日"兽性"遭激发，又要骂人了。

私自给宠物喂过药的；

自以为是给宠物喂过人用药的；

不遵医嘱，擅自停药、减药量的；

听信传言，胡乱给宠物填鸭式塞补药的……

都在今日吐槽之列。

愿意听我叨叨的，前排就座，坐好，别开小差，不许交头接耳；想反驳的，站后排，拿板儿砖的手背后面去，别影响我发挥；嫌我啰嗦的，快走，你心开阔，我这地盘小，容不下你的无知展翅翱翔。

好走，不送。

相信多数的人类都知道，犬猫不能吃巧克力；但是多数的人类，都以为犬猫可以吃止痛药和其他什么人用药物。

当有人骂你是畜生时，你铁定翻脸，你会坚决反对有人把你和动物画等号；但怎么遇到吃药这么专业的事，你又相信动物和你是同类了呢？

动物好可怜，挨骂、遭罪，全数自己扛。

首先，我必须承认，哺乳类动物的生理"基本上"是类似的，这也是为什么在分类上，人类和其他动物同属于哺乳类的原因。

是的，我们都是动物；真的，又有很多不同。

比如马吃草、猫纯属肉食性、牛能反刍也必须反刍、兔子必须持续进食；

还比如草泥马朝你吐口水你会说"好可爱"，你朝别人吐口水，大耳光回敬你还不敢反击，等等……

每个动物都有专属的特性，不是它们任性，而是生理上的构造让它们必须如此。

请尊重每个动物的特性，不要自大地用人类视角去看待所有的动物。

今天来了个病号，曾经因为神经性的尿闭问题来找过我。

好一阵子不见了，这次来，只见一只高大帅的 Husky（哈士奇）已成"瘫吐拉"。

主人说，这几天看它走路不太好，以为是关节炎又犯了，家里刚好有点止痛药就拿给它吃了。给剂量时，主人想，反正它这么壮，几乎有半个成人大，直接给它吃了一颗，连吃了两天，

然后它就开始吐血、拉稀、拉血，没力气再站起来了。

问主人给了什么止痛药。

他说是人医常用的 Ibuprofen（布洛芬），没事爱吃药的看官应该不陌生吧？！

我不知道他给的一颗剂量是多少，但是 Ibuprofen 可以从一颗 200mg 到 800mg，无论哪一种剂量，一只 35 公斤的狗，吃了都得从"瘫吐拉"到"瘫软趴"。

看着从前高大威猛的一只现在如泥般瘫在我面前，我心中的怒火和无奈编成了一个大麻袋，真想把主人套在里面，装上火药，送上天！

咋不上天去逗能的大兄弟，你知不知道——

Ibuprofen 属于 NSAID 类止痛药（Non-Steroidal Anti-Inflammatory Drug 非类固醇消炎止痛药），动物用的止痛药也有许多是 NSAID 类的药物，但是 Ibuprofen 用在犬猫身上的安全剂量非常之小，换句话说，基本上一个正常的兽医师不会选择用 Ibuprofen 来给犬猫当止痛药。

除了 Ibuprofen，另外一种人类常用的止痛药，叫 Acetaminophen（对乙酰氨基酚），去药房给钱随便拿多少都行。

只是你先确定你是要用它给你的宝贝止痛，还是要杀它们灭口。

我不想和拿板儿砖的人比武，有机会你们务必去医院体验一下。

当你们看到那一张张苦不堪言的小脸，看到"瘫吐拉"们的惨状……

你们再决定拍谁！

常识科普：许多药物在人类稀松平常了无生趣，但用在动物身上，可以随时毙命。

请勿擅自用药，用药前，务必询问您的兽医师！

子非犬猫，安知犬猫之痛。

奉劝爱宠人士，切勿打着爱心旗号，却因无知而伤害。

3 阿拉斯加大战罗素狸

主人的心有多大，它们的伤口或许就会有多大。

3 December 2016

一大早又是兵荒马乱、呼天抢地的。

小孩哭，大人喊，地上爬的，怀里挣扎的，猫嚎，狗吼……

如果我突然大喝一声"有炸弹"，眼前一切会不会瞬间就消失了，还世界以清净？

我常预谋，但至今未遂，这就是成年人和孩子的区别——对于可能会造成的不良后果，前者自愿克制，后者勇于挑战。

小学有段时间每天出门父亲都要叮嘱"不要去招惹树上的猴子，它会咬人的"。我早就对不知从何而来的小猴子充满兴趣，父亲越提醒，我的好奇心越蓬勃。

终于在一天清晨，我与它相遇，它好可爱啊，六畜无害，一点都不像会咬人的样子。于是，我和它分享了我的早餐，它一口，我一口，其乐融融。

最终，早饭吃光，但它却生生从我手掌上咬掉一块肉，跑了。

虽然至今都不解小猴子为何恩将仇报，但从那时起我便明白，未知事有深浅，要防患未然，好奇心可以有，别太大。

所以，若哪天我真"变态"到大喝一声，估计院长大人能体谅，警察叔叔断不会放过我。

一阵出其不意的骚乱打断了我的幻想。

有人叫喊着冲进来，她家的 Russel Terrier（罗素㹴）被 Alaskan Malamute（阿拉斯加雪橇犬）咬了，伤势未知。但据生动的形容，"大拉拉"大口咬住"小罗罗"后，还腾空翻转了三百六十度，堪比吴宇森导演镜头下的暴力美学，令人忍不住在脑海里按下回放键。

"小罗罗"的惨状属限制级画面，恕在下不便描述。

简单说，典型的咬伤，外部可见三个牙齿咬穿的小孔，两个在左一个在右，大小刚好是一个完整的 Alaskan（阿拉斯加）嘴型。

我跟主人解释：别小看了这三个孔，极有可能导致整个皮下已经与肌肉分离形成空腔，加上狗牙齿上细菌极多，感染风险高，若形成空腔而不做清创引流，就好比蓄着一袋子的脓背在身上。

知道科莫多巨蜥吧？其实它是无毒的，但对猎物造成致命伤害的，就是它们口腔内蕴藏的大量病菌，导致伤口感染。

"凶手"的主人满脸歉意，伤者家属很快签署了手术同意书。

拍了 X 光片确认没有伤及胸腔，但皮下气肿已相当明显。

进入手术，又像打开了一个潘多拉盒子，"惊喜"连连。"小罗"实际皮下空腔比 X 光看到的还要大，大约占了身长的三分之一，而且环绕三分之二身周。这使得术后的它身上要背着一长条缝线及两条引流管，日后肯定会留一道很长很明显的疤。

缝完针，我突然想到"海盗"标志性的形象。"小罗"同志，这么爱打，去当海盗吧，你现在也算是有了标记，名副其实了。

调侃归调侃，还是替"海盗"庆幸一下吧。

最深的两个伤口都仅剩最后一层肌肉（Musculi intercostales interni）就进入胸腔了，真是不幸中的万幸，小子，你大难不死，必有后福。

剩下的就是控制感染了，把结果和术后注意事项说与主人，她先是倒吸一口凉气，转脸就去和肇事主人理论。

我没闲心听他们撕扯，是谁没牵绳，是谁总以为自家狗最乖最听话，是谁没管教好云云，耳边聒噪声又此起彼伏。

哎，你们要是都牵着出门，出门时心都别那么宽大，怎会凭空造出一只"Pirate Terrier"？！（海盗㹴）

脑海里突然飘荡着小岳岳的相声《怯大鼓》中那句经典——

猪八戒大战孙悟空，孙悟空大战那猪八戒……

列位，没听过的去找来听听，真的好好笑。

猪跟猴都打累了，小的也该睡了。

晚安。

常识科普：再次警告主人们，如果狗狗在"战斗"中被咬，切勿以表象来判断伤情，与人被重击后造成的内伤同理，有时表面看上去没什么大碍，但五脏六腑已破裂。所以，狗狗被咬后，如果你看到有明显的牙印，就算出血不多，也需要赶紧带到医院，交给兽医看一下，也许皮下与肌肉已经分离，不及时治疗，后果堪虞。

4 舔食了高腐蚀性液体的柯基犬"滚滚"

不要怀疑，也不要太相信，狗的智商。

| 17 | January | 2017 |

号称九零后"外公"的小男生带着他闺女柯基犬"纸巾"小姐一早就出现在我面前，

他们也算我的老客户了，小男生性格开朗，活泼健谈，虽然往来不多，我们已似好友一般，微信加上，他的朋友圈不是秀恩爱就是晒狗娃，大多是他们这个年纪流行的表达方式，网路语言丰富至极。

闲暇时，看他在朋友圈逗趣，不失一种放松，所以，当得知他女友管他叫"智障"，我就跟风地称他"小智哥"，非但没生气，他还关注了我的公号，几乎篇篇转发，是个爱学习知好歹的小朋友。

我喜欢。

最喜欢的是"小智哥"对"纸巾"那种胜似父爱的宠溺，还有对本兽无条件的言听计从。

给"纸巾"看诊结束，"小智哥"还恋恋不舍，巴巴地问：林医生，你会再把我们写进日记里吗？

我逗他："纸巾"产后没什么大问题啊，我写什么？写你过分紧张，写你智商告急？

他挤眉弄眼：别让我太出名，人怕出名猪怕壮……

望着瘦高似牙签的他：好壮的一头猪啊。

他还想跟我贫嘴，前台姑娘火急火燎：快，急诊！

"小智哥"十分懂事地给我让道，来急诊的也是一只柯基。

柯基小姐"纸巾"连续两日无精打采，脑袋耷拉着，在家不停地走来走去，不趴下，也不跳沙发，抱起按摩时，后腿一直抖；以前也有过这样的状况，但一般第二天就恢复。"小智哥"上网查了一下，怀疑"纸巾"得了风湿或者脊椎出了问题，自然争分夺秒带来找我。

"纸巾"除精神不太好，目测无明显病症，我用排除法。

先是做神经学检查，脊椎问题不大；血检、B超查子宫蓄脓，白细胞偏高，但还没达到危险程度，"小智哥"已计划给"纸巾"绝育，子宫蓄脓的担忧可解除。

开了些放松肌肉的药，叮嘱他不要让"纸巾"爬楼梯和做太剧烈的运动，可以给它吃点鱼油保健。回家注意观察，但不必过分紧张。

常遇到这样的主人，我也常在这里用"关心则乱"来形容他们的心情。

虽然他们的表情凝重得太超过，连呼吸都紊乱了，但还是由衷地觉得可爱而美好，他们心重是因为对另一个生命的在乎。

所以，我常对他们说：你今天没来过，我没见过你，你也没见过我。

主人们都心领神会地表达感激，高高兴兴回家去了。

只有某些"丧尽天良"的损友，补刀一句：那我们今天都见鬼了。

以后我请他们称呼我"吕洞宾"。

急诊的柯基就没"纸巾"那么好运了。

主人吓得手脚僵直，随时都可以哭出来，我一再追问，她始终断片儿一般，看得出脑子是空白的。好不容易啊，我一边检查，一边"拷问"，终于搞清楚她的柯基怎么了。

不知谁在厕所里放了通水管的清洁剂，这只名叫"滚滚"的狗去舔了，然后……

我觉得"滚滚"的舌头应该是滚烫滚烫的。

不过狗狗看起来比主人镇定，除了不断舔嘴、流口水，还没发现更严重的外伤。

真不知道作为牧牛犬的柯基祖先要是知道有"滚滚"这么二的后代，会不会穿越过来测测它的智商？！虽不用再与牛群斗智斗勇，但也绝不至于"弱智"至此。那种清洁剂的主要成分是氢氧化钠（NaOH），一种高腐蚀性的强碱，是什么样的智商驱使它干出这样愚蠢而危险的事？！

我赶紧帮它冲洗了口腔，上留置针，拍 X 光，然后告诉已经回魂的主人：需要先做内窥镜，然后洗胃。

主人拒绝了，问我有没有其他办法。

她拒绝的理由是因为价格。

我与她协商：不做内窥镜，但至少要洗胃。

她还是拒绝。

我无奈，告诉她只能赌舔食量并不大，仅仅损伤到口腔……

由于存在高风险，主人无法配合治疗，只能请她签字，让她带走"滚滚"。

行文至此，我不想粉饰太平，"纸巾"们有，"滚滚"们也有，感动的有，无奈的也有。

不要指责我，就算医院是我开的，我也不敢保证是否能常常义诊或让来的人都满意。

这肯定是一个有争议的话题，能理解的，我感激；不能的，请随意。

还是那句话，它们把命交给了主人，能不能安全、健康地活到老，主要责任不是赌兽医有没有良心！

常识科普：误食有腐蚀性液体的宠物，就算我不知道它们的吞食量，就算能够看出它们胃里有不少食物（可缓解一些有害液体的作用），为了安全起见，我还是坚持要洗胃！然后通过内窥镜判断有没有胃穿孔等其他损害，评估胃的状况是非常有必要的。有伤，及时治疗；无碍，放心回家，不必日日担惊受怕。

5 兽医的黑道论

面对血肉模糊还能手起刀落的，除了黑道大哥，还有我们。

23 | **November** | **2016**

医生也会遇到"有朋自远方来"，所以，医生也会请假。

昨天我请假，跨半城，去会远道来的老友。

下午五时许，接医院电话，剖腹产的狗正在手术室。

得知我无法与晚高峰抢时间，只得联系就近医生，速战速决。

但心中不免牵挂，直到收到"母子平安"的信息，方安坐，与友把酒叙旧。

这座城的夜晚原来可以这般美丽。

细雨绵绵中，江上灯火与岸边霓虹相互渲染，竟生出一丝雾霭流岚的迷离，

让人不觉忘了今夕何年。

在我所身处的"江湖"日常里，欢愉、安宁似崖壁峭缝里突兀的野花，是

那样难得，周遭险恶，唯有自得其乐。

两相作比，两个世界，一番唏嘘。

肩上担子犹在，及时行乐罢了。

九点多，夜色阑珊，手机通明。

又一个正在赶往医院待产的狗妈妈，要剖腹。

收拾逍遥，滑进车厢，恳请司机师傅：请快，我赶去救命。

车窗外，雾气裹挟着林立高楼，一阵阵模糊，我突然笑意浮出，有点苦涩，又有点滑稽。

怎么会突然在心中有这样的比喻：兽医和黑道，有异曲同工之"妙"。

受堂口（医院）大哥召唤，不分时段，睡眠惺忪的黎明，月黑风高的夜晚，只要一声令下，冲出去，奔过去，操起长刀短械，血肉模糊中，手起刀落……或许打赢了，或许身上又多背了一条命。最倒霉的是被另一波势力"抓住"，讨公道、拿命来，戴上"庸医"高帽，挂上"黑心"招牌，即刻拖出去游街，非砍"手"示众不足以解决江湖恩怨。

而宠物医疗堂口的大哥小弟，常无"谈判"权利，想多解释一句，只怕又一轮刀枪丢过来，不容分说，只好将委屈、内疚、不被谅解统统吞下肚，任对方"砍杀"出气。

兽医业者如黑道行，下刀时必须手快心细，对病魔亦是要心狠手辣，我的地盘敢撒野的，来一个砍一个，来两个杀一双……

只有这样，抹干血，擦干汗，收了刀械，才得见毛茸茸的笑脸。

它们活蹦乱跳了，它们流着哈喇子又扑又舔，它们的主人千恩万谢，其乐融融回了家。

见如此情景，所有披星戴月、奋力厮杀的场面都成了朵朵浮云。

我们这种黑道，打打杀杀全在暗处，荣耀成就也常不值一提了。

差不多是一脚踏出车门，一脚就进了手术室。

约克夏妈妈已经被"收拾"妥当，助理来报基本数据、体征状况，刀已备好，只等"开膛"。

不到一小时，开、切、拿、缝……两只小仔呱呱坠地，母子平安。

听闻上一例剖腹产的三只因体弱已经进了保温箱，是否能活下来，全看命运怎么安排。

生命无常，说的就是这样，来到世上，未必能看见明晨曙光。

今日心情跌宕，键盘上都似渗着水。

猫狗的命，一脚天堂，一脚地狱，我们在中间。

兽医如黑道之说，纯属脑洞被雨水浇灌。

告别沉睡中的约克夏妈妈，又去探望了不停蠕动的宝宝……

离开医院时，已近凌晨。

常识科普：剖腹产出来的幼犬存活率受到很多因素的影响，母犬本身是否健康、幼犬发育是否健康、手术是否及时、过程是否顺利、麻醉医师给予的药物是否到位，以及主刀医生的手够不够快。

奇葩狗 "玩" 出了新高

其实，这并不好玩！

先给各位看一个物件

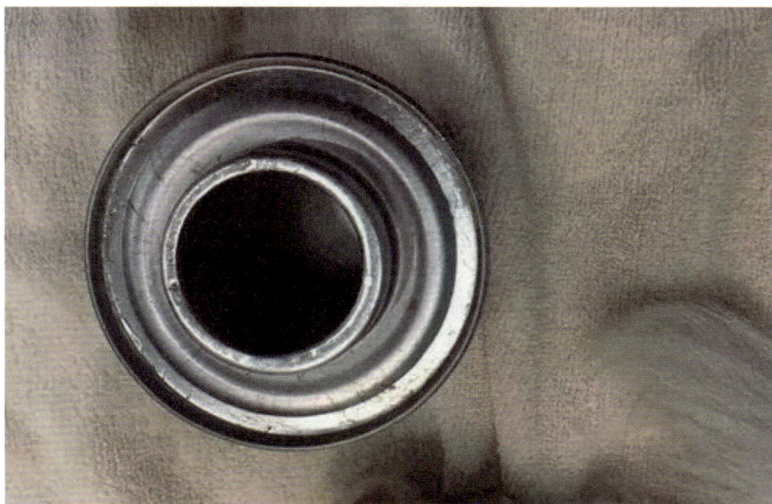

有人能猜出这是什么吗？答案一会儿揭晓，讲一个段子先。

曾经在一位自称"井小姐"的好友的饭局上认识一位青年才俊，三十五六就在投行做出了模样，无论外形还是谈吐，果真是商界精英的风范。

因为是朋友聚会，各自不谈职场，只说八卦，也不知怎地，就说到童年趣事，端坐如正经人的一群男女，顿时现了原形，纷纷刨出压箱底的糗事，好像谁不够出格谁就落伍了一般。

井小姐说的是小时候一日比三餐还多两顿的挨打；另一位男生说的是他带着表弟表妹玩火，直接把姑姑家给烧光了，结果是他爸爸把他吊在风扇上拿湿毛巾抽……

井小姐问：风扇开几档？

男生如实回答：一档，最低速的旋转。

我本想说自己小学时经常在放学回家打算做作业时，才发现书包忘在教室里的事儿，一听别家的那么精彩，觉得自己那点儿事很是拿不出手。

最后是那位投行才俊发言：三岁时，家里买了一个新的痰盂，他眼疾手快扣在脑袋上满屋子跑，跑着跑着，一个寸劲儿，痰盂下滑套住整个脑袋，怎么拔也拔不出来，很快就呼吸困难了。一大家子人抱着一个脖子上"长"着一个痰盂的小孩飞奔去医院……

在座的都笑岔气了，我茫然：痰盂是什么？

井小姐网搜了图片发给我，并通俗易懂地补刀：就是尿盆！

脑补了一下那画面，我差点儿笑尿了。

以上铺垫是为了带出今日出现的这只奇葩狗。

刚看完一个诊，门口就冲进一位妙龄少女，抱着一只幼龄柯利，狗嘴上咬着一个铁皮罐（就是文章开头的那个东西），浑身口水混着血水，少女白衣上也血迹斑斑。

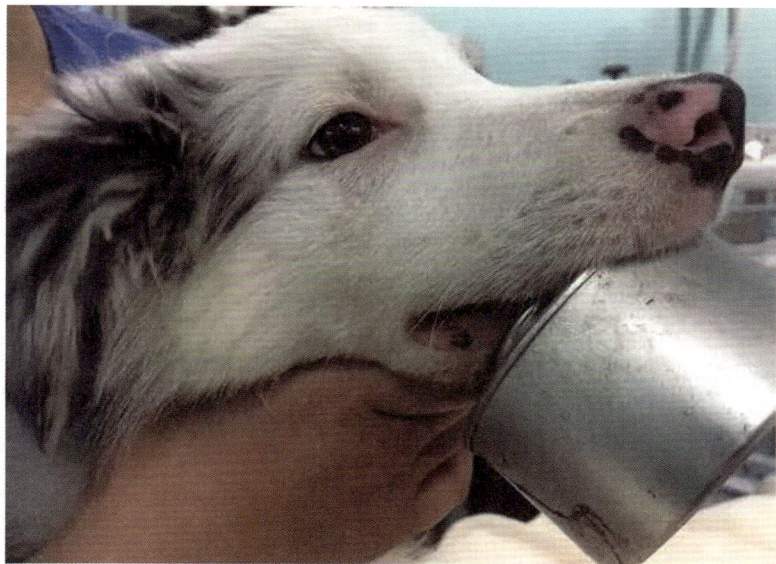

赶紧上前检查，一个马口铁罐不偏不倚牢牢地套在小狗下颚犬齿上，无论狗娃怎么挣扎怎么甩，铁罐铁了心，生于斯长于斯。

几番较劲下来，小狗似乎也知道该"玩具"的厉害，或许还伴随疼痛吧，毛娃子小心翼翼不敢乱动了，任口水狂流。

赶在下一台手术前，请麻醉师立即给小狗注射镇静剂，先看看能不能徒手取下，实在不行就得动用大型器械剪开铁罐了。

谁知我还没动手，镇定完狗娃的麻醉师就玩心大发，上扳扳下抠抠，左转转右转转，只听"咔嗒"一声，又是一个巧劲儿，铁罐落下。

耗时两分二十二秒。

又连忙掰开小家伙的嘴查看，除了下嘴唇边有点划伤，口腔、牙齿没被祸害，真是万幸。

把铁罐拿出去给主人，主人诧异万分，说不知道家里有这东西，且不知道这是装什么东西的，更搞不懂怎么就套在狗娃的嘴上了……

"OS"白眼连连：好熟悉的段子啊，此时的主人都犹如失忆了一般！难不成这东西会自己长腿乱跑？难不成狗子自己跑出去套回来的？难不成这东西从小就在狗嘴里，现在长大了……

万一这罐子里原本装的东西是有毒的呢？后果如何，不用脑补了吧？

于是交代主人回去先观察三天，如有异状，立即回诊。

别说我卖关子，说实话，我也不知道这罐子是干吗的。

幼犬如幼童，顽皮是天性。想想我们孩提时干过的那些奇葩事，不乏匪夷所思，甚至惊天动地的，在家长的管教和看护下，我们顺利长大，明辨是非安危；但狗娃的一生都处于"孩童"状态，不是智商问题，是物种差异。所以，它们一生都需要我们的保护。

常识科普：铅中毒虽然和今天的罐子事件没直接关系，但让我想到油漆罐，于是有了科普铅中毒的想法。

很久很久很久以前的水管是采用含铅原料做成的，人们怀疑古罗马皇帝的老人痴呆症与此有关。

家庭里面常见的含铅来源：汽车电瓶、陶瓷、钓鱼用具、肥料、含铅油漆、电线、染发剂，还有犬猫的玩具（劣质颜料也有可能含铅）等等。

许多犬猫有长期舔食墙角或啃咬电线的问题，还有的会吞食电池、玩具，这些都可能导致铅中毒。

铅中毒的诊断并不容易，中毒原因与生活环境有关，但通常难以追溯。症状通常不会马上显现出来，发展比较缓慢。就诊时，除了靠医生的诊断，也需要靠主人平时的观察和现场的反馈，后者可以给医生提供更多的判断资讯。

铅中毒可能引发的症状通常为神经性的，比如癫痫、行为改变、颤抖等，或者肠胃道症状，如呕吐、拉稀、体重减轻、食欲减少等。

SOS！这里有只猫，急需 B 型血

陌生人的援手，更温暖。

16	June	2017

它已经辗转别家医院两周；

它的红细胞不断往下掉，即将到谷底；

它的白细胞飙到吓坏兽医的地步；

它体内的电解质极其混乱……

它，是一只得了脂肪肝的猫，名叫"咕噜"，昵称"咕仔"。

大约两周前，"咕仔"转院过来，由我接诊。看了它的诊疗报告，我不敢有丝毫怠慢，来不及伤春悲秋，马不停蹄再测血项，同时快速排除其他疾病的可能，立刻开了处置方案，并召集人马准备给"咕仔"输血。

可惜……

它是少见的 B 型血，我们医院能够提供输血的猫都是 A 型。

怎么办，怎么办？！

"咕仔"危在旦夕。

医院的同事、"咕仔"的主人、主人的朋友、主人朋友的朋友……在千钧一发间发动了网络力量，一条条"SOS"信息在微博、朋友圈扩散出去。

救命大部队来的速度真是超出我想象，他们陆续拎着航空箱，抱出一只只萌萌可爱壮壮硕硕的猫，去验血。他们的名字五花八门，"口罩"、"伟文"、"DT"、"鸡蛋仔"……

可惜……

个个都是 A 型血。

第一日配对宣告失败。

但网络求助的热烈依然在发酵。

第二天，有位看到消息的主人与我们联系，说自己的猫以前验过血，是 B 型，说自己带着猫娃正在来的路上。

所有等待的人犹如在黑夜里摸索碰壁很久的飞虫，突然看见前方出现亮点，每个人的神经都在振翅，盼着那亮点会变成灿烂的曙光。

救星来了，验血、配对、成功！立即输血。

奄奄一息的"咕仔"终于缓过来，被送进 ICU。

而那位好心主人直到离开都没让我们知道他和猫娃的名字。

三天后，"咕仔"的状况慢慢稳定，白细胞逐步下降，电解质恢复正常。

"咕仔"的氧气也停了，最令人欣喜的是它出现了两周后的第一次进食。

当时还不能完全确定已脱离危险，但很多迹象表明"咕仔"的身体是在往好的方向发展。

输血只能帮它把红细胞从百分之十拉升到百分之二十二，剩下的恢复就要看它自己的机体反应。果然，年轻就是本钱！"咕仔"具有很争气的造血能力，三天后，血比容达到 34%，这是正常值。

一周后，顺利出院！

这个故事其实并没有特别惊心动魄之处，从医疗层面上说，也没有什么疑难杂症被攻克后的激动人心。

但若你身临其境，无论作为主治医师，还是路人甲，看到一个个航空箱摆在那里，一只只不知发生了什么的猫儿被抱出来；你经历了等待配对结果的一分一秒。你亲身感受到了失败后，空气中的落寞；品尝到成功后，不言而喻的喜悦与感激……

还有，陌生人的关心、友善，对"咕仔"像对待自家猫咪的那种急切，种种美好情愫流转在网络间，流淌在人的心田里，成为毛娃子的福音。

你的心一定会受到触动，为整个过程中的每一个瞬间，为所有人的发自内心，不计回报。

愿每一个毛娃子在拉响"SOS"警报时，都能听见那福音。

常识科普：脂肪肝 (Hepatic Lipidosis)，大家应该不陌生吧，不知道？去人医那儿扫个 B 超，多数人会得到脂肪肝这个诊断。在猫，这也是最常见的肝脏疾病之一，顾名思义，指的就是肝细胞中积蓄脂肪与三酸甘油酯，通常是因为猫长时间厌食而引起。

为什么呢？因为如果没有吃东西，身体缺乏能源使用时，会开始动员体内储存的脂肪，这些脂肪会被分解成脂肪酸运送到肝细胞形成三酸甘油酯，然而这个三酸甘油酯需要和蛋白质手牵手才能进入血液中被身体利用。但是，猫猫不吃东西呀，作为纯肉食性动物的猫，需要大量蛋白质，如果不吃东西，蛋白质就非常低，那就没有人可以跟三酸甘油酯手牵手，那三酸甘油酯就哪儿都去不了，只能待在肝脏里把肝脏变成脂肪肝。然后肝脏功能开始受损，并且可能引发其他并发症，比如：脱水、拉稀、黄疸、黑便、呕吐、胰腺炎、神经症状甚至系统性问题，然后导致昏迷……

没有小鸡鸡怎么"上床"呢

宠物生殖系统疾病，是一个很严肃的问题。

25 December 2016

这本是一桩小病历，关于医疗的部分也没有惊心动魄、跌宕起伏，但事情发展到最后，就变得有趣了。

当然，治疗的过程我是非常严肃谨慎的，虽然有点小插曲，但只要主人细心重视，狗狗不仅无生命危险，痊愈也只是时间问题。

后来的跑偏纯属番外，也全赖我朋友圈那位著名的"井小姐"。

先说严肃的。

接急诊，一只椒盐色迷你雪纳瑞，公犬，未绝育，大约七八岁；主人是老外，听口音好像来自东欧地区,看穿着,是受过高等教育的,言谈举止算是得体。狗狗四肢灵活,吃喝无恙,只是精神欠佳,翻过肚皮一看,如图所示,原来是"小鸡鸡"坏掉了。

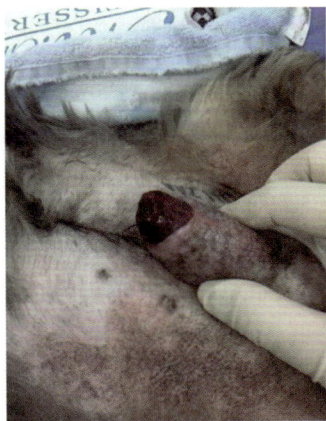

主人报告:前一晚发现它"小鸡鸡"肿起来,就近带去医院,被诊断说是膀胱结石,

尿道阻塞。所以帮它导尿,然后放回家。结果隔一天还是未消肿,送来我面前,已经是图片上的景象,"小鸡鸡"不仅肿,还变黑了。

这种疾病叫作 Paraphimosis(嵌顿式包茎),人类男性也会发生,详情可问度娘,在此不表。

我尽量用浅显易懂的解释让主人明白病理,因为拖延太久,导致狗狗阴茎变黑,也有可能坏死。先用药内服外敷,回家观察,还需每天来复诊,有痊愈的机会;但若坏死,就必须手术了。

主人应该是听明白了,思考片刻,问之前是不是误诊了。

我复:这不在我评断范畴。

结果,不知主人出于何用意,转脸就去了之前的医院,很快我就接到了一位医生的电话。

对方态度很中肯,是来探讨病情的,我也礼貌而严肃告知这不是结石引起的尿路堵塞,是因为包皮开口太小,导致勃起后由于血管压迫,使得肿胀加剧，"小鸡鸡"就无法正常缩回，若时间过长就会严重到一个"小鸡鸡"没了（想想就痛啊~~~）。

有时是会造成尿道被压迫而无法顺畅排尿，但绝不是结石惹的祸。

我顺便告诉他这种情况偶尔也是因为外伤，有时也会有神经性的因素……

他从头到尾没提出异议，只是问我开的什么药，我也据实以报，但有些药他说没听说过，而我不知中文该如何翻译，只能讲英文成分，这是沟通过程里唯一的障碍。

当时我分析，可能主人还是想就近治疗，所以才有对方医生的询问。

果不其然，第二天"小鸡鸡"坏掉的狗狗并未如期复诊，这倒不是什么大问题。

主人看上去不是不负责任的，对方如果有能力医治，随时观察黑掉的部分有没有恶化坏死，用药及时，我觉得痊愈的可能性有60%。

虽然没再见过那只雪纳瑞，心里还是会有些惦念，但无从得知它的"小鸡鸡"有没有保住。

好了，"井小姐"该出场了。

因为惦记，所以难免会和朋友念叨，尤其是家有公狗的，总是会多嘴提醒一二。

"井小姐"问题来了：

——如果"小鸡鸡"被割掉，"蛋蛋"还留着，它算"小太监"吗？

——如果"小鸡鸡"被割掉，"蛋蛋"还在，它还有生育能力吗？

我开始还是很正经地告诉她：割"蛋蛋"的主要目的是把荷尔蒙的源头拿掉；如果"蛋蛋"还在，就还会有精子……

转脸想，不对啊，于是发了一个捂嘴大笑的表情："小鸡鸡"没了，它怎么和母狗"上床"呢？！

"井小姐"好像同时意识到自己的问题很白痴，被我这么一问，恼羞成怒，瞬间消失。

尽管我还接着跟她说："如果是名贵种犬，可以通过冷冻精子和人工授精来延续血统；如果"小鸡鸡"被切掉，狗狗以后尿尿就不能往前射，只能通过人工造口往下流……"

她也没再回复，估计想拉黑我的心都有了吧。

看来做人还是不能太诚实。

人艰不拆，果真有一定的道理。

常识科普：预防嵌顿式包茎的方法：把"小鸡鸡"前面的毛剪短，可以减少毛发影响变大的"小鸡鸡"缩回去的几率，也可以减少尿液的残留，从而改善狗狗生殖器周围的卫生状况，避免感染。

勃起这件事儿完全不在自控范围内，所以，隔三差五请检查一下它们的"小鸡鸡"，若有类似症状，可以先用冰敷，再涂抹一些凡士林保湿，并尝试将"小鸡鸡"推回。当然，最靠谱的还是尽早送医。

差点儿五尸一命的"猫劫日"

劫数藏在哪里，谁知道？！

16　　May　　2017

有很多关注"变态兽医日记"公号的读者留言：一口气看完所有的"日记"，好过瘾。

谢谢你们美好的反馈。

但我希望这个"好过瘾"除了为医疗故事，还为那些让你们增加常识的科普；你们可以看得出我用尽心力"表演"嬉笑怒骂的背后，是传播知识的苦口婆心；本兽一介书生，在兵荒马乱的资讯焦虑时代，不求有蘑菇云的威力，但求有水滴石穿的恒心，如涓涓细流，流过你的"家门口"，对那些能触及到的小生命温柔以待。

那些枯燥的医学名词，不是要你背下来，是要你稍微了解一下它们可能隐藏的巨大危险，稍微关注一下它们的前世今生，若家里那位娃命中有劫，早些发现，能解的解，不能解的，不至于非要到命悬一线才恍然大悟，毛娃子的身体健康和主人们的心理建设、知识储备，一样重要。

有一位读者家里养的英国短毛猫在 2017 年春节后生了四只鸡年猫宝宝，最近主人发现猫妈妈肚子又大了，检查后发现腹水，还有多囊肾，从此要一直追踪观察肾功能。

这位主人通过我的"日记"了解到多囊肾具有遗传性，猫妈妈一查出，她就问我：它的孩子会不会也有多囊肾？

鸡年宝宝送出去三只，她自己留了一只。

我告知：既然是遗传性疾病，就埋藏很多不确定因素，只能早日带来检查，换个心知肚明。

我见过英短宝宝小时候的照片，特别特别可爱。

可是，无论它们多可爱，疾病是不按颜值取舍的。

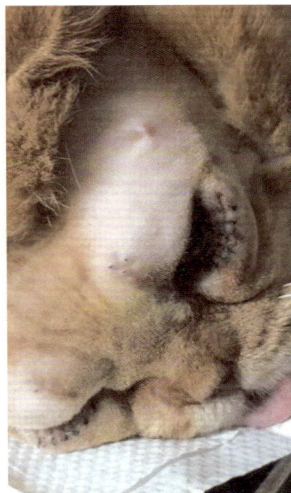

颜值，呵呵，宠物世界，颜值不过是取悦人类审美的，毛小孩懂个啥。

同事今日做了个"整容手术"，如图。

我们调侃"整容"，实则是猫猫的眼疾——眼睑内翻。

伤口缝合乍一看像是戴着假睫毛，好妩媚动人的大眼睛，猫娃又不会照镜子分美丑，它只是会觉得眼睛不再受刺激困扰，从此舒适不流泪。

一天忙忙叨叨，大大小小的诊，印象中多数是猫，有常规体检的，有病危急救的，反正各种猫各种病，快七点我才赶赴朋友之约，刚落座，正被大家起哄"迟到者自罚三杯"时，电话响起。

"霸道总裁"附体的前台姑娘：吃什么吃，喝什么喝，快回来开刀！

问清情况，原来是子宫蓄脓急诊，算算验血、术前准备……感谢上帝，我还能有吃口饭的时间。好友不再叫嚣，变脸成救苦救难的观世音，三下五除二点了最快的餐，用同情以及悲悯的目光看我狼吞虎咽，然后目送我消失在夜色中，身后，是他们碰杯欢饮的声音。

赶回医院，再问详情，原来是怀孕猫妈，猫仔胎死腹中，主人白目，事先没做产检，死胎全然不知，直到今晚猫妈阴部不断出血，才知大祸。

猫和主人我都认识。猫妈第一胎难产就是我主刀，肚子上的刀疤还签署着我的"名字"。

接过血检报告，倒吸一口凉气，惨不忍睹的数据，已带走猫娃半条命。

主人的天真乐观让我怀疑他哪里来的自信，难不成上帝是他亲戚，给他托梦说"此劫不算数"？！

压着愤怒把主人请来，非常"恐怖"地让他知道"半条命"吊着的事实，他脸色发青了。

打开猫妈肚子……刚才的一口凉气迅速结冰！

一肚子血水，更意想不到的是子宫一侧转了个弯，裹着五个未成形的胚胎，连天折都算不上。

赶紧扎了子宫卵巢，迅速清洗腹腔，麻利缝合，争分夺秒。

刚进入尾声，前台姑娘进来：林医生，外面有位客人，你刚进手术就来了，等到现在……

神啊，今天是怎么了，《深夜厨房》改播《深夜医院》了吗？

看完这个临时的诊已经九点多，我觉得我可以下班了……

嘿嘿，上帝今天是"看"上我了，又给安排一个急诊。

还是一只猫，肾衰爆了表。

自然又是一番忙碌。

今日虽算得上猫的劫难日，好在命都暂时保住。但那位差点五尸拖走一命的，还不算脱离危险，要看术后感染是否能顺利控制。

坚持写完这句"上帝，保佑"，此刻，我最想见的人，是周公。

常识科普：多囊肾（Polycystic Kidney Disease，PKD）是猫最常见的遗传性肾脏疾病，也是导致肾衰的原因之一，尤其多发在波斯猫、异国短毛猫、美国短毛猫、缅因猫这些品种身上，大约 6% 的猫会"中枪"，高发品种的"中枪率"甚至可达 50%。

为何叫多囊肾？就是因为肾脏里长出许多囊状物，从而挤压原本的肾脏组织，逐渐导致肾功能衰竭，发展速度不一，谁也无法预测患者命数几何。

如何检查？一是靠 B 超，一是在更早期可透过基因检测 PKD1 基因。

遗传性疾病就是这样，像命中注定的一个劫数。

10 活吃癞蛤蟆的狗，以及未成年的主人
问过自己吗，我真的有能力养狗吗？！

| 13 | March | 2017 |

某晚 21:59:57，公众号后台消息闪烁。

直到 23:03:20，一桩狗活吃癞蛤蟆引发的事件才告一段落。

回想当天，我也是一天下来累得瘫软如泥，究竟为何会坚持这么久，现在想来，不仅仅是为了事件本身。

对话篇幅太长，也考虑到当事人的隐私，就不截图了，我就用文字概述事件始末。

求助者上来疾呼：兄弟，快出来，急事相求。

——"OS"：如果不是最后四个字，我实在不喜欢这样的对话方式：

1.任何陌生人管我叫"兄弟"我都会感到不自在，毕竟，这并不是一个礼貌的称呼；2.我没在笼子里关着。

然后他问：狂犬病发病前什么症状？我家狗的狂犬疫苗没到期呢，我怎么感觉它行为不太正常？

接着，说了一个与狂犬病完全没有关系的过程：他爸爸晚上去遛狗，在花园里松了绳子，狗在树下刨出一只癞蛤蟆，手掌心大小，生吃了，边跑边吃，咬得咯咯响，天黑跑得急，狗还把脚碰破了。回家给包扎，但狗乱动，包不住。

然后，我看见一张满地是血迹的图片，和一张狗狗可爱的正面照。

他介绍：金毛，不太纯，长这样。

——"OS"：纯不纯和活吃癞蛤蟆、脚出血，有半毛钱关系吗？

当然，他没忘问我：求解！怎么办？

我迅速回答：赶紧去医院，我没看见真实状况，不妄下判断。

他：但它吃完了，地上的血是脚破了，不是大事儿，大事儿是 Ta 生吃了蛤蟆！

——"OS"：什么叫脚破了不是大事儿，脚破了，不处理不治疗，可能会溃烂会截肢会导致生命危险，这算不算大事儿？！

此时我心中的怒火也开始升腾，回复时一半客气一半怨气：与其在这里问，不如赶快找兽医去检查，你也好放心。

接着他告诉我他上网查了蛤蟆的病毒，一连发来好几个"大哭"的表情。

我也不客气了：我特别不能理解，你有上网和在这里咨询的时间，为什么不赶紧去医院？！

他之后的阐述让我的怒火变成了无奈。

开始对话时我就觉得此人心智不够健全，不太像成年人，果不其然，他说他未成年，在家说了不算，争取第二天能说服家长带狗去医院，说家长觉得狗没事和他大吵一架，还要把"大毛"送走。

实在为"大毛"担心，所以，我给出急救方案，如果吞食没超过两小时，就先用盐水给狗灌进去，催吐，或许能缓解一下可能的中毒。

可惜，这孩子说他才下晚自习，距离狗活吃癞蛤蟆已经超过两小时。

他一直在网上查癞蛤蟆的毒性，告诉我：哎，越查越难受。

这位小朋友，跟你的这番对话，我也是越说越难受，到今天，也还是越想越难受。

你为什么要养"大毛"呢，你有什么能力养"大毛"呢？！

或许你非常讨厌被这么质问，会振振有词：我喜欢狗有错吗？我没有养狗的权利吗？！

是的，你没有！

宠物不是你喜欢就必须得到的一个玩具，但它们或许会成为你父母爱屋及乌的一个负担。

你还得靠别人养呢，有什么能力对另外一个生命负责，如果不能负责，仅仅为了获得快乐，你告诉我，这种快乐是不是很自私？

如果，你的父母都是双职工，他们每天上班忙工作，下班忙你忙狗，一旦出现什么状况，他们会不会首先迁怒"大毛"？别说很好的照顾，连上医院这种迫在眉睫的事情你都不能做主，真到"大毛"性命攸关时，你或许会采用一哭二闹三上吊的极端手法，这种绑架亲情的做法，结局会是皆大欢喜吗？

这样的生活，对你，对你的父母，对你爱的狗，真的好吗？！

如果你这样理解爱，我必须告诉你，这样的爱是占有，是伤害。

或许你会觉得自己为了"大毛"可以豁出去，觉得自己很伟大很了不起。

可是，孩子，有时候，豁出去更突显了你的无能。

还要读晚自习的你，希望能看到这篇日记，更希望能读懂这段文字。

如果你的"大毛"躲过"癞蛤蟆"这一劫，但愿未来，它不会因为你的占有而遭遇更多的劫数。

祝好。

常识科普：其实人类因为吃青蛙或牛蛙而误食蟾蜍（癞蛤蟆）的事件不算新闻了，所以吃货们要小心了。

蟾蜍的毒性大致上分为两种：一种是类强心苷（Cardiac glycosides）的毒性，另一种是儿茶酚胺 (Catecholamine)。而毒性多来自蟾蜍皮肤上的疣状物还有身体的腺体。

类强心苷（Cardiac glycosides）就是我们说的毛地黄，吃心脏病药的乡亲们应该不会太陌生，就算不知道，光看"强心"二字就不容小觑。主要会增加钙离子进入心肌细胞内，而增强心肌的收缩力，也能刺激迷走神经减缓心律。

而儿茶酚胺（Catecholamine），像肾上腺素就是 Catecholamine，还有我们常听到的 Dopamine（多巴胺）也是其中一种，会使血管收缩，心脏收缩力增加，然后不小心就变成高血压，还有心肌梗死……

当然，这两个化学成分不是只会影响心脏，但光看它对心脏的影响，就知道如果不该吃的时候吃了，会有什么后果。因此，如果吃了蟾蜍，尽快催吐或者洗胃，可以给活性炭，减少肠胃道继续吸收毒素。

第四章 狗能吞了全世界

别拦着，让狗去吞了全世界

猫狗惹的祸，都是人的错。

15 | November | 2016

我曾有过一个奇思妙想，召集同行开个特别茶话会，说说各自从狗肚子里取出过的最匪夷所思的物件，此会必须线上直播，不用袒胸露臀，估计也能混得游艇火箭和大炮。

上周六我从狗肚子里取出一个保险套（用过的），端出去给主人看，纯属示威。

X 光已经有显示，主人恼羞成怒，抵死不认，有意怪我给他们难堪。

我自嘲"变态兽医"是高风亮节，你们面前绝不一本正经胡说八道。

真相打脸，男女双方面红羞愧，四目相对，无语凝噎。

好了好了，多大点儿事儿啊，就准你们周末牙祭，不许狗子意外加餐啊？！

以后记得关好门，看好狗，皆大欢喜。

这个引子可能会招致"林医生，你有点污"的评论，估计还有人调笑"你好闲"。

其实不然，本兽今日累成狗，一台手术，感慨万千。

大清早收到要求加微信的请求，表明好友推荐，家中毛娃危在旦夕。

江湖救急，不敢怠慢。

上来就发一张 X 光片，无寒暄，看来是真急，我不挑理，迅速回复：腹中有异物。

追问是什么。我答曰：需内窥镜告诉你。

留意了一下片子上的日期，已过两天，早该了结，为何拖至今日还再问询。

巴拉巴拉说经过，听得我直想把他从手机那端拽出来，胖揍一顿。

发现狗异样，就近拍了 X 光，也说有异物……

好友提示不要相信随机找的医院，以防被黑，给他推荐了一位自称很牛逼的兽医，只需线上交流，便能"问"到病除。

也是加了微信，发了图，即刻确诊：不是异物，一般的脂肪瘤，很快会自主吸收。

还叮嘱不要听信开刀取物之说，纯属骗钱。

言辞凿凿，不容置疑。

我没空也不忍批判同行，尽管是个兽医闭一只眼也看得明那是异物。

想到狗娃受罪，无心斥主人，恶狠狠命令：要想保狗命，赶紧带过来。

一老一少，一只体重超标精神萎靡的比熊被我黑脸相向。

内窥镜结果，异物是一块大骨头。

少的立即埋怨老的：爸，跟你说过多少次，别乱喂，别乱喂！

老的理亏嘟囔：它不停拜拜，口水流一地……

少的还想继续，被我拦下：取出需开刀，去问问前台有没有手术室赋闲。

无知是无知了一些，但也都是宠狗之人，爱心泛滥罢了。

取异物手术，在下轻车熟路，开胸开腔开腹，如家常便饭。人惯溺疏忽，狗贪嘴贪玩，后果是，刀在狗身，痛在人心。

麻醉醒后，胖家伙摇着尾巴在老人怀里起腻，恢复常态。

年轻人兴奋往家中报喜：很顺利，手术做了四个多小时呢……

这枪口撞得，新仇旧恨一股脑沸腾，我把他请过来……胖揍（心里是这么做的）。

事实上，我是一个温柔体贴讲文明懂礼貌的"变态"兽医。

我说：这位先生，必须纠正一下，术前消毒、剃毛、麻醉等一系列准备；术后消毒、完全清醒、观察等一系列常规，加起来也不到四个小时，真正动刀子、缝合不过一小时多一点儿，您这么夸张地宣讲出去，人家会以为我在里面绣花打屁。

他不好意思地笑了。

我追击：以后不要再拿着手机东问西问，迟早会出狗命。

网海茫茫，魑魅魍魉。

最后，别怀疑狗子们的吞食能力，它好奇它好吃它寂寞它调皮，只要它愿意它能吞出个世界纪录。

常识科普：宠物吞食异物后最常见症状：呕吐、食欲不振、精神不济、反复吞咽动作、过度流口水等等。

吞食异物是很危险的，轻则引起便秘，重则搭上一条命。

细小尖锐的物品可能扎刺在口腔里，会导致化脓感染。

有些物品可能会卡在食道里，危险的是心脏就在食道旁，可能随时导致猝死。

另外有些异物会引起肠道阻塞，甚至导致肠道穿刺破裂，因并发腹膜炎与败血症而导致死亡。

不要侥幸拉屎能把异物拉出来。

2 牙签、苹果核与骨头的，早晨

知道医生为什么不可以吃凤梨，或者凤梨酥吗？

9 November 2016

吞食异物的话题及科普类文章，我写过不少，可病例一点没减少！

现在的主人，你们不识字还是怎样？还是说养只狗玩玩就好，根本不用管它们日常安危？

也对，反正有兽医呢。

有时想想好悲哀，我们到底是脑力工作者还是体力工作者？

前者，我希望用更多的精力学习，去对付疑难杂症（当然我绝没有看不起小病小灾的意思，键盘侠不要试图道德绑架我，绑架了也不怕，我是"变态"兽医中的战斗机）。

后者，能把粗心无知的主人和键盘侠都拎出来打一顿吗？！

前者，你知道你的粗心让狗多受罪吗，屡教屡犯，层出不穷；

后者，与其喷我，不如多宣传有益的养宠知识。

觉得我有怨气是吧？

是的，一大早我就很不爽。

连着两个"异物"，一个"牙签"；一个"苹果核"昨晚就住院，等着今天最后的肠道造影结果。

十分钟后，前台姑娘冲我招手："异物"主人来了。

我以为是住院那位的主人，结果，又来了全新的一位。

近期我干过什么缺德事儿吗，吃坏过什么东西吗，还是说过什么冒犯天神的话？

要这般被异物"群殴"……

吞牙签的主人说要回去再观察。

毕竟牙签是有可能被消化自行排出的，但风险是牙签尖锐，有可能刺穿肠道。

就看主人怎么抉择，是要让狗挨一刀可能不需要挨的刀；还是要肠子穿个可能不会穿的洞。

苹果核的主人后来也决定再观察观察。

这是今早"异物三贱客"风险最小的一个，至少没有锐利边缘，而且已经到胃里，有机会消化成小块，慢慢排出。只要观察吃喝拉撒，没有呕吐现象就好。

最后一位就没得选了，骨头，大骨头、小骨头，胸腔食道有，胃部有，挨刀势在必行。

苹果核和骨头我倒还能理解，这牙签是怎样，现在的汪星人吃完饭也要剔剔牙吗？

手术前，先做内窥镜，确认无法从食道取出。

但最后我还是决定不开胸，直接开胃，从胃部把胸腔里的东西拿出来，一举两得，少一个伤口，少一些风险。

但却苦了我的手指头啊。

在视野不好的腹腔前侧，在只容一根手指的刀口空间里探索胃的每个部位，寻宝似的又抠又抚又挑又转……取出胃里的一块块骨头后，真正的好戏才上场。

从胃部越过边境进入胸腔抠出异物，绝对是在考验手指头的灵活度、敏感度，以及坚挺度。

又是一连串的抠、揉、转、推、挤、压……连麻醉师都被我揪过来，拿着钳子从口腔伸进食道，帮我从前方推骨头。

就在手指快要抽筋时，骨头同情我，它妥协了。

手术室里的四位异口同声：靠，这么大！

我加一句：靠，你是仓鼠吗，囤了这么多骨头！

端着血淋淋的"战利品"给主人看，还是忍不住叨叨，尽管我知道未必管用，就算这位长记性了，还会有下一位。

哎，怎么办呢？！

在医院里工作，常会有"灵异事件"和一些相应的忌讳，比如说不可以吃凤梨，或者凤梨酥（至今我也不明白这说法的缘由），不然病人会多"生意"会旺，别问我为什么，我也不知道，凤梨们招谁惹谁了？

所谓"灵异事件"，也不是你们想的那样，我说的就是某种病像约好了一般，以"团购"之势，蜂拥而至，形成了"异物的早晨"、"导尿的下午"、"子宫蓄脓的周六"、"癫痫的礼拜二"，以及"剖腹产的后半夜"……如果说"忌讳"真的有科学依据的话，那好吧，我坦白，今早我吃了一块凤梨酥。

常识科普：狗吞食异物并非因为馋或者饿，因为它们吞食的常是没有营养没有味道的东西。这种现象是因为主人经常限制、阻止狗狗用嘴去尝试这些东西而导致的。我们人类多是用手去感触，而狗是用嘴，主人出于好意不让狗狗用嘴去感触非食用

物品，越是这样，狗狗越会觉得那些东西一定非常好，不然为何不让我去咬呢？所以，趁主人不注意就赶紧去尝试，尝试的结果无非两种：没有吞，吞。

3 小柯基吃了草莓，然后……

"草莓"吃草莓，遭殃的是"菊花"。

20 **April** **2017**

女主人正在向我介绍小柯基的症状，突然停下，指着诊室门开心地说：看啊，有只猫。

我顺势望去，小柯基已屁颠屁颠跑过去，激动地扭着屁股隔着玻璃向小猫示好。

果然，一只美国短毛猫慵懒地在外溜达，腹部的牛眼纹分外好看。

谁家的猫啊，主人也太心大了，这里是瞎逛的地方吗？我嘟囔。

女主人回：应该也是来看病的吧，我好像看见主人在前台挂号。

我接着嘟囔：遇见这么自由散漫的主儿，主治医生也够倒霉。

小猫走开，小柯基慌了，咿咿呀呀，屁股扭得更欢实了。

还扭呢，你那"小菊花"都开花了。我冲小狗调侃。

主人赶紧召唤："草莓"，过来！

是的，"草莓"就是小柯基的名字，它的症状是"呕吐拉"。

"草莓妈妈"接着描述：它这两天吐得拉得都挺厉害，还不停舔屁屁。

我翻看它的检查报告，各项指标并无异常，应该只是吃坏肚子。

没等我问，女主人交代：它吃草莓了。

"草莓"吃草莓，嗯，请允许我先笑三秒。

拉稀造成对肛门的刺激，所以它才会不断去舔，导致"小菊花"发红。据主人交代它还经常舔脚趾头，我翻看，果真是有长期舔舐的痕迹。

开了点调理肠胃的药，叮嘱主人回去给它把脖套戴上，再准备些玩具、互动游戏分散狗娃的注意力，同时也消耗它过于旺盛的精力，免得它继续开展无聊的舔舔舔项目，因为无聊，所以"自残"。

"草莓"吃草莓为何会上吐下泻，我也不知道，或许只是碰巧；或许是因为草莓上的农药残留物；或许"草莓"比较倒霉，遇到烂草莓了。鉴于它精神食欲都无恙，今早的排便也逐渐恢复正常，无须再做其他检查，暂时交由主人带回家观察。

"草莓妈妈"去抓药，推开诊室门又惊呼：哎呀，你看，那小猫正在调戏大德牧。

我探头，呵呵，这猫真没拿自己当外人，不仅四处溜达，还到处招蜂引蝶，要说它一口被大狗吃掉我都不会觉得惊讶，能这么跟狗四目相对的，绝对是不怕死的。

我没冲出去是有理由的，大德牧也是我的老病号，半瘫，暂无攻击力。

眼看这小猫又向别处逛去，来不及好奇哪家主人如此放纵猫娃，前台就递上新的病历。

我打开，看见宠物名字一栏上的字，瞬间有种啪啪打脸的感觉，但又不得不硬着头皮喊"毛毛"，真心不想认领这潇洒的货来坐实自己的白目。

"毛毛"，就是那只漂亮而不羁的美国短毛猫，我居然没认出我自己的病号。

"毛毛"主人夹着它进来，冲我笑，我，哭笑不得。

猫娃是癫痫患儿，原本一周发作一两次，用药后，控制得不错，截止到今天，已经两个月没发作过了，或许，主人是因此"得意忘形"，让这只社会化优等生在医院自由发挥。

看主人没心没肺的样子，我假装板起面孔：虽然目前状况和一周一两次的频率相比，可喜可贺，但离我满意的时间长度还是有些距离的，你不能掉以轻心，还得再接再厉。

可能是我长得太和善，没能成功"震慑"到神经大条的主人，不知死活地往枪口上撞：那是不是可以把药的剂量降成一天喂一次？

我闷声：不行！

主人视死如归：现在是每天早晚各半粒，我能不能换成早上喂一粒，晚上就不喂了？

我怒目：不行！

不作死就不会死的典型主人：这样一天两次地喂，真的好烦啊，真的不能改一改吗？

看在她还愿意跟我"讨价还价"而不是私自篡改的情面上，我好言解释——任何药无论经过怎样的代谢程序，最终都会排出体外，差别在于时间长短。有个药物动力学的专有名词叫"半衰期 t1/2"，指的就是药物在体内吸收后，在血液中达到最高浓度，经过代谢，下降到原本浓度一半所需的时间。药物不同的半衰期决定了用药剂量和方式，是一天一次，还是一天两次，抑或一天三次四次等等，这不是随医生心情、主人便利而决定的，完全取决于药物的性质。

主人的理解能力值得称颂：这是不是就好比我们吃饭，就算早餐把剩下两顿的量都吃了，到中午或晚上，还是会饿，该吃还得吃？

我：Bingo！还有，别不知足了，"毛毛"对这个药有如此不错的反应是老天眷顾，要知道好多癫痫儿的家长不止一天喂两次呢。

"毛毛"主人顿时回应了一个很知足的笑容，风风火火要去取药。

门推一半，我再次哭笑不得，赶紧喊她：嗨，你的猫！

她哈哈大笑两声，转身过来，从地上捞起正在玩影子的猫。

"毛毛"，你的猫生，请自求多福吧。

常识科普：很多主人知道葡萄是不能给猫狗吃吧？虽然草莓是可以给毛娃子吃的，但大家要注意：水果上的农药残留物，一定要清洗干净；还有，像草莓这样糖分含量高的，喂食时也请酌量。猫狗无知，只管满足口腹之欲，健康之事就只能靠主人把控了。

4 你遗弃它，是它的福气

一念之间，一个生命，消逝或美好。

"七七"的手术定在今天上午十点。

其实这个手术昨天傍晚就可以做的，但他的主人不翼而飞了。

"七七"是一只咖啡色的贵宾犬。主人带来时，填写在病历上是这个名字，被遗弃时，它也叫这个名字。

昨天下班前，院长来找我，一脸无奈。

老人家慈眉善目的脸愁恨交加，告诉我有一只狗被遗弃在前台。

"七七"的胸腔食道及腹腔有异物。主人问了手术的价格后，要求安乐，被前台拒绝；然后又要求开一个价格翻倍的收据，说去网上募款，仍然遭拒；接着说他要到住院部看一下条件再决定……然后，就没有然后了。

手机关机，人间蒸发。

我就去 TMD！

一拍桌子，我说：手术我来做！

又不是什么绝症，"安乐"快成了人渣们脱责的通行证，天理何在？！

院长说：狗狗模样蛮俊俏的，性格也乖巧。

我明白的，老人家的潜台词是：治好了，养好了，找个好人家，不难。

可不知为何，听此话，我"蓝瘦，香菇"……

为了"确保"它已经被遗弃，前台建议我们多等一晚。

以前也曾有过类似事件，无良主人各种恶劣手段强行抢走被治好的狗，狗贩子要健康的狗，为他赚钱。

我明白的，正义的前台不是怕收不到医疗费没办法向老板交代，而是怕狗继续受罪。

"七七"是个争气的孩子，异物在手术前已经从胸腔食道进到胃里，避开了高风险的开胸手术。因为食道基本上沿着气管一路从颈部进入胸腔，气管在抵达心脏时开叉形成支气管，与食道分道扬镳，食道越过心脏继续往前抵达横膈膜，得通过一个叫作"Cardia"的狭窄关卡，由它把关，食物才不会从胃里随便就涌到食道。

但也因为这个关卡狭窄，过大的食物常会卡在这之前，心脏就在异物后面跳动，无论用内窥镜或开胸的方式夹出来，总是怕刺激心脏。更何况，开胸时肺部无法正常扩张，而且胸腔能见度差，活动范围小，里面除了心脏，还有肺、大动脉、大静脉、迷走神经……

还担心的是，食道里的异物会污染胸腔内部。

说了这么多，就是想告诉大家，手术难度降低了，"七七"是个幸运的孩子。

不就是一块骨头吗？！

看着逐渐清醒的，暂时无家可归的"七七"，我又怒火中烧，特么真想把那主人摁在手术台上，千刀万剐了也不解恨。

说与麻醉师，他说他帮我摁着，且绝对不会给那王八蛋麻醉，对，就是生剐！

恢复意识后的"七七"，匍匐着冲我摆尾，很殷勤地舔了我的手。助理来接时，也受此待遇。它扛着痛，讨好所有人，或许是盼着我们把它送回家，它还惦记那个丢掉它的人，那个不配拥有狗狗忠诚的人。

助理湿着眼睛离开，我反而没那么生气了，被烂主人抛弃，是狗的福气。我相信"七七"会找到一个真正疼它的人，像童话里说的，从此过着幸福的生活。

出了手术室，看见一群人围在前台，有医生，有助理，还有等我看诊的人，他们谈笑风生。

我亲爱的同事，你们都很闲吗？

走过去看，又是"拉面"，它秀呆萌，讨欢心，必成焦点。

"拉面"也是一个被遗弃在医院的小朋友，一只蓝色英国短毛猫，猫贩子带它来医院时就抱怨过它头上的毛色不均匀，说卖相不好，又得了耳疾……只是轻微的耳疾而已，医生开药方的瞬间，主人就消失了。

"拉面"在我们医院生活了很长一段时间，后来被领养了。

它现在有一个很疼它的主人，和一个很温暖的家。

常识科普：根据遗弃"七七"的烂主人行径，我想提醒各位有爱心的家长，不要轻易被网络救助众筹所骗。有些坏人利欲熏心，先残害流浪犬，再利用流浪犬当募款诱饵，这类新闻接连曝光，令人心痛愤恨。

有些医院为了利益，也会成为帮凶，替骗子开取高额医疗费的发票。受骗上当的是爱心群众，受苦的却是小猫小狗。

5 吞一双，赌一回

兽医很多时候不得不赌主人的决定，那主人在赌什么呢？！

21　January　2017

今早还在洗漱，手机就咿哩哇啦乱颤，才八点，哪个催命的来讨债？！

怨归怨，手里动作加快，导致误吞两口牙膏沫，需要去看医生吗？

不，我忍住了拨打 120 的冲动，还是先看手机。

是医院的微信群。

发的是一张 X 光造影图，隐约能看到一只袜子的轮廓。这是哪家娃啊，又顽皮了。

不一会儿，助理再发图片，说：吐了，吐了，果真是一只袜子。

看着它被黏液包裹的样子，我不禁唏嘘：好凄惨的一只袜子啊。它的另一半在哪里呢，会不会很想念它？

突然好想看看吞袜子的英雄，长什么样子，年方几何，家长是谁。

飞奔出门，差点忘了穿袜子。

萨摩耶，三岁，男性，长相甜美，但因为袜子丑图先入为主，怎么看这位 "Jack" 先生的 "天使微笑" 都隐藏些许蠢萌，更像上帝派来的逗逼。家长是一位孕妇和一位年轻女生，不知道两人什么关系。但看到孕妇养狗，好感油然而生，想必没少抵御三姑六婆的轮番教育，本兽心中默默点了个赞。

"Jack"昨晚来的，因为这几天一直吐，昨晚值班医生就开始做肠道造影了。我到医院后，住院医师跟我说，昨晚值班医生今天休息，把诊转给我，看是不是要开刀。

虽然袜子已经吐出来了，但还是得看看管路是不是真的已经通了。

到下午一点再拍完一张，钡剂还是停留在同样的地方，仍在胃部。

这样有两个可能：一是胃部仍有东西；二是东西不在胃部而是肠道。尤其触诊腹部时有摸到一坚实团状物，更可能是还有异物了。

因此，我直觉冒出：是另一只袜子。

于是，建议主人从最没有侵入性的检查开始做，也就是内视镜，可以看到胃部以及十二指肠前端。如果胃部内视镜没有任何发现，那就需要开腹探查，打开肚子直观地好好瞧瞧，若有异物，亦可直接取出。

主人答应做内视镜，但对于开腹探查坚持不肯，说麻醉危险，而且很伤身体。

那就只好先做内视镜，很顺利，胃部及十二指肠前端都没有发现异物。接着请助理出手术室再询问主人，要不要直接开腹探查，取出异物，主人还是坚持不肯。

我只好让"Jack"醒来（内窥镜也需要麻醉），然后出去"吓唬"主人。

主人还是不肯，坚持出院回家观察。

我用极委婉的言辞解释给她听：此时回家观察等同于"回家等死"。她说先生不在家，他说不要手术，她无法做主……

虽不该"威胁恐吓"一位善良软弱的准妈妈，但出于对"Jack"负责，我不得不百般软硬兼施。好不容易她才答应今天先带回去观察，如果还吐，明天一定赶紧带来手术。

虽然我不知道她的保证能不能兑现，但主人都这么说了，我能怎样呢？！

只能放手让他们回家。

真想问问伟大勇敢的主人们，不晓得如果是你自己该开刀的时候，你们会不会也这么大义凛然地说一句：再观察观察……

观察个毛线啊！

内视镜结束等着"Jack"清醒的时候，我跟住院医师聊了个小天。

住院医师说，之前有一只八岁萨摩耶，也是吞了异物，来的时候已经很虚弱，脱水脱得很严重了，主人就是坚持不开刀，结果回去隔天又带来医院，说要安乐……

不肯开刀，宁可安乐？！

我去……

我不能在这里骂脏话，但心里粗口"身高"七米三。

我们就赌一把，主人会不会来？

"Jack"，希望明天可以见到你！

常识科普：钡餐肠道造影：先喂动物钡剂，钡剂会在 X 光下清楚显现，透过钡剂在胃肠道的流动，透过钡剂是否停留在肠道某处不再前进，可以判断是否可能有异物或阻塞。所以拍钡餐肠道造影得随着时间拍好几张，不是只有一张。

Jack，今天你会不会来

生命或许有"剧本"可依，但绝无彩排的机会。

今天上午来了位贵宾犬老先生，八岁后因一个神经症状需经常回诊。因为没有做 MRI（核磁共振），基于神经学检查与血检，我推断是甲状腺低下引起的大脑神经出了问题。服了甲状腺素之后，症状消失，目前一切都正常。

它之前走路时无法掌握平衡，但还坚持着自己行走，主人把它抱起来，它的四肢依然一直"划"动，很典型的前脑神经有异样。

需要用 MRI 再彻底检查一下。

跟主人简单描述了 MRI 的功能，主人正听得入神，却被助理打断：林医生，可以手术了。

我微笑示意抱歉，主人拱手相送。

进手术室，我就问麻醉师：血压正常了？

躺在手术台上的大家伙术前状况不是很好，刚要进手术狠狠吐了一大摊，整个身体瘫软下来，接上血压机发现已经低血压，三十分钟后助理才来叫我。

麻醉师口罩上面的眼睛透过眼镜片白了我一下，估计是嫌我提问时脑子丢在门外，若没有恢复正常，他怎敢麻醉，麻醉不 OK，助理怎么会去叫我。

……

手术台上躺着的正是"Jack"，说实话，一早看见"Jack"，我内心是喜极而泣的。

男主人带着来的，看上去风尘仆仆的样子，不知道是不是连夜从外地赶回来，说话蛮客气，看得出是真心爱狗的人。他告诉我说他太太预产期就在最近，所以昨天不敢当时就做决定，怕自己身体撑不住，所以只能等他回来。

我说理解理解，来了就好。

详细跟身材胖胖的主人说明"Jack"的情况，虽然昨日吐出一只，但内窥镜显示还有异物堵在腹内，主人信誓旦旦：我确定，真的确定就吞了一只。

"OS"翻脸：要是你吞的我信，它吞的你凭什么确定？！

结果不用我"恐吓"，"Jack"用实际行动替我证明，它吐了，它瘫软无力，它表现出很难受的样子。

结果，手术取出的……我确定，和昨天吐出的是一对儿。

看到"证据"，主人一脸写满"好尴尬"。

还好整个手术过程平稳，还好它吞的是相对柔软的袜子，否则拖这么多天，估计肠子会坏死。

术后，主人陪着，估计也是累了，坐在椅子上，斜靠着，打着呼噜睡着了。

看着他疲惫的样子，我还是挺心疼的，孕妇和狗都是家中"大熊猫"，两个赶一起要他伺候，肩上担子也是重重的。

哎，都和生命有关，好在我看他心宽体胖，吉人自有天相。

胖主人舍不得"Jack"独自留下住院，说自己能做到每天带它来输液。

这一次，我选择相信他，不用赌了。

我真的相信他。

常识科普：有只金毛，我们已经诊断它吞食了异物，主人先是不相信，后来是不想给狗狗开刀，尽管我们已经非常明确地告知危险性，但他执意选择每天带狗来输液，12 天！狗狗死了，主人才同意让我们"开刀"，一只玻璃丝袜裹着一枚桃核儿，而狗狗的肠子已经烂成了好几节……
早一点手术，哪怕是早三天，天堂都不会多一个枉死的生命。
主人悲痛欲绝，但在我看来，是他的无知杀死了他的狗。

你是被忍者附体的吃货狗吗
我小看的不仅是你的胃。

28 　 June 　 2017

两诊之间，我去上厕所，路过前台，被正在接电话的某姑娘一把攥住："木耳"妈说她正在路上，过来找你。
我喜出望外：是送吃的来吗？
一听"木耳"，条件反射，我首先想到和吃的有关。
姑娘冲电话说了句：林医生在的，已经跟他说了。
挂了电话，她冲我就没那么温柔了：吃吃吃，你就知道吃！快去吃吧，客人等着呢。

悲催木讷如我，推开洗手间的门，才反应过来那句"快去吃吧"是多么狠毒。
作为一个有学历有技术没地位的兽医博士，我的职场生存环境怎么这么"恶劣"？说好的白衣天使呢，难道此 Shi 非彼 Shi？！有点伤自尊了。
在厕所里，我思量了一下，是不是我平时太和善太平易近人太好说话了？
嗯，应该是，以后我得改。
出来路过前台，板起面孔刚想教育一下"快去吃吧"姑娘，她头也没抬地说：对了，刚才忘了跟你讲，"木耳"妈说"木耳"昨晚吃了个满汉全席……
哇塞，满汉全席啊，听着就馋，我立即面露谄媚地问：她告诉你菜单了吗？
姑娘抬头，眼里飘过三个字：哥、屋、恩（滚）。
我的地位又降低了吗？
嗯，好像是的。

其实"木耳"的真名叫"沐尔"，很文艺的，是我执拗地用了一种食材称呼它。
它是一只后肢全瘫的长毛腊肠犬，我的老朋友；也是每当听到主人说"它情况有好转"会让我起鸡皮疙瘩的病例。
这样的娃们，纤毫变化都能牵动我的某根神经。
很快，"木耳"驾到，主人替它自首：它的贪吃令人发指，一到开饭时间它就好似长在餐桌底下，上面难免不小心会掉些饭菜，待家长低头去捡，食物早已无踪影，"木耳"深知兵贵神速的意义。
他们家的帮佣阿姨因此产生条件反射。
阿姨回自家吃饭，一旦有食物掉落，她会神速拾起，捡起后还会长吁一口气。家人诧异她为何如此神经质，阿姨哭笑不得：为了防止主人家的狗乱吃而养成了这种习惯。

昨晚餐后，阿姨在厨房忙着收拾，准备清理厨余时才发现垃圾桶已经被洗劫，"木耳"一副酒足饭饱的模样，应该还打着饱嗝吧？

今晨，先是干呕，接着开始呕吐，好几次。"木耳"妈放下手里忙碌，飞奔而来。

来，菜单报一报。

主人回忆垃圾桶里的菜式：螃蟹、玉米、玉米梗、洋葱……好像还有口香糖。

够了！有点满汉全席的意思，先拍片子吧。

肠道基本上是空的，大量"美食"都囤积在胃里，已经将近24小时还在胃里，肯定是有问题的。

再来内窥镜，看看胃里的状况，若苗头不对，那就只能切腹开胃。

镜头一进去，哇塞，果然食材丰富，"菜单"上的全在列，这家伙真是吃货界老饕。所幸食物都被好好咀嚼过，若是囫囵吞枣下去的，就大祸了。

于是，我们一众白衣天使变成专业拾荒者，透过内窥镜捡破烂似的东翻西找，揪出几个整块的，如螃蟹壳啊，玉米梗啊……然后再进到十二指肠前端勘查，确定没有其他异物，才收工。

剩下的渣渣屑屑，等"木耳"醒后给它催吐，全数吐尽，大家安生，以免夜长梦多。

作为老饕的"木耳"是让我羡慕的；但作为瘫痪儿，它的行径着实让我疑惑又光火。虽然从全瘫到现在能站起来走几步，但要躲过全家人的雷达监视，它必须健步如飞，躲闪自如才行。

它是怎么做到的呢？潜入厨房、开启垃圾桶、翻出食物、干掉满汉全席……这是一个需要行云流水、速战速决的过程，若没有敏捷的身手，别说半瘫吃货，就算像我这样的一个健全吃货，也未必能干得如此漂亮。

我突然产生了另一种假设：其实"木耳"是用瘫痪来掩人耳目，为的就是让大家放松警惕，无人监视时，它便亮出夜行忍者身份。

若真如此，那"木耳"你绝对是咱吃货界的盟主，请受小的一拜，从此跟你混。

常识科普： 所谓苗头不对，指的是：如果内窥镜看到胃部有大块头的食物，就不用考虑夹出来了，反正夹也夹不出来，赶紧开刀比较靠谱。不仅结果可预期，且不浪费时间精力，毛娃子也少折腾受罪。

狗娃肚子里有一碗变形酸辣粉……
汤汤水水的，要了命。

| 16 | August | 2017 |

三天前接诊一只吉娃娃，也是吞了异物的，但我没能"留住"它。

因为呕吐前来就诊，连转了几位医师，最后"落"在我手里。

尽管第一位医师就已告知主人疑似有异物堵塞，建议做肠道造影确认，但主人执意说"再观察看看"。

三番五次劝说，回复始终是"再看看"。

再观察，再看看……可以登上我职业生涯"最怕听见主人说的"语录排行榜前三名。

来来回回三周，随着狗娃的状态每况愈下，主人终于同意做肠道造影。

造影还未完全结束，我表达了和其他医生基本相同的意见：高度怀疑异物，必须开腹探查。

此时的主人已别无他选，速速签了手术同意书。

开腹才进行到一半，我心也凉了一半：汩汩地从狗娃肚子里冒出汤汤水水之物，能从外观貌似判断的只有枸杞。

手术室的空气瞬间凝重起来，大家的预感也相同：肠子破了。

但破了多久，没人知道。

接着，我尝试把肠子取出准备逐段检查，没想到的是肠子与肠子粘连得如此厉害，以目测的粘连程度判断，估计肠子破了有一阵子了。

如果看官们没法想象什么叫作肠子粘连，我举个例子：假设你外卖叫了一份酸辣粉，一小时以后才送到，想象一下你看到的景象，汤、粉，以及作料全都团在一起，成了五颜六色的一坨——这便是狗娃肚子里的情形。

吉娃娃的肠道几乎完全粘连，我们只好小心翼翼地抽丝剥茧，试着把肠子和肠子分开，并冀望能迅速找到病变的地方。

同时，请助理外出告知，因为预后极差，让主人有个心理准备。

好不容易把肠子分开到可以拿出腹腔，随即发现盲肠前段有一个不明异物，好像是一个相当硬实的塑料团块，大小约 1x4 厘米，最令人不想面对的事实依旧是：狗娃的肠子已经破了一个大洞。

实景图是有些血腥，但我毫不犹豫PO出来给那些习惯自作主张的"再看看"族群看看，你们"再观察"时能观察到这副惨烈吗？！

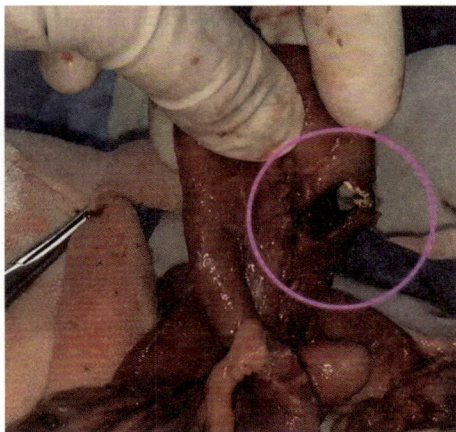

最后只能将坏死的肠道截掉，把其余的重新接上。

出来向主人讲述情况：因为异物而截肠的手术并不在少数，但像你家狗娃这样所有肠段粘连成"变形酸辣粉"，而且肠道破裂已造成腹膜炎的，实属少见。

所以，手术是就当下境况做出的解决方案，但不代表狗娃已脱离危险。

主人一脸疑虑，说实话，我真的不想再跟他费口舌！

你们可以怪我没耐心没修养，我不怪你们，因为你们看不到为了催促他尽快给狗娃做造影做治疗，我和我的同事费的口舌直逼心力交瘁之境地。

下班刚到家，前台姑娘来报：你心心念念的那位主人终于来约手术时间了。

我知道她说的是谁。

一个口腔长了黑色素瘤的娃，主人因为不了解热消融技术，尽管我按惯例前世今生地讲解了，对方依旧未当下决断，也是说"再考虑一下"。

今日有结果，我竟有一丝喜极而泣的冲动。怎料刚开心数秒，前台又来报：主人说，查了一下黄历，约定手术那日"不宜看医"，要换一个时间。

我秒回：只要他来，时间他定。

等回音时，我的心里又在七上八下，担心主人的"黄历"要再拖十天半个月才出现吉日。

所幸，黄历"告诉"主人那日 15：00-17：00 是吉时，诸事皆宜。

我不懂阴阳八卦生辰八字子丑寅卯，只要他能带着病娃来，我定沐浴更衣焚香恭候大驾。

浑身气血刚刚顺畅，前台丢一枚噩耗过来：那只吉娃娃"走"了……

心重新跌入谷底，"OS"狰狞至极，却不知该说什么好。

常识科普： 纤维性沾粘，也能简单叫粘连，装逼叫 Fibrous adhesion，通常指的是手术后，身体组织伤口在愈合时因为白细胞、纤维母细胞、纤维蛋白等这些修复成分的参与而导致身体组织与伤口处形成彼此沾粘的情况。而当沾粘形成，若要二次手术时，则会造成手术时的难度增加。沾粘不一定能够避免，但良好的无菌手术、控制发炎、使用抗沾粘产品，都会有助预防沾粘的形成。在本文中的沾粘是因为肠道破裂，而身体尝试修复的过程中形成的结果，与手术后的沾粘不同，但异曲同工。

你家狗吃过这么贵的骨头吗

这种"人不如狗"让狗很受罪。

10 | November | 2017

双十一应该进入倒计时了吧?

剁手党都按捺不住狂欢的心了吗?

各路电商早已用尽了八仙过海、武林秘籍中的所有招式了吧?

而我,一个筋疲力尽的兽医为了一个老生常谈的话题嘴皮子手指头都已磨破,已然不知道还能用什么样的方式把今天要讲的,讲得上帝耳朵都听出茧子的,失聪的人都快要恢复听力的病例,再翻出花样来?!

此时此刻,我不想吟诗,只想骂人。

有人或许会说:你这么大火气,看来病例不小(医生口头禅之一,意指患者病情较重——编者注)。

可惜,这就是平凡得不能再平凡的、狗和骨头的故事,但就是永不停歇,成为宠物医院里每周,甚至每天都可能上演的固定"节目"。

对,就是主人给狗娃喂了骨头、喂了骨头、喂了骨头……

然后,狗就一直吐、一直吐、一直吐……

于是,主人带吞了骨头一直吐的狗来医院像个复读机一样不断重复:喂骨头都好几年了……从小就喂……这一次怎么这么严重了……

我"OS"一直怼一直怼:以前是它命大啊……这次转运了……你接着喂

啊……看下次运气如何吧……

面对主人的焦急，我还是很"温和"的：这位先生，我很抱歉地通知您，骨头卡在食道，不是肠道。

聪明人都听出来了吧：如果卡在肠道会比较"幸运"一些。

为什么呢？

来，快速抢答：开胸和开腹，哪个比较危险一些，哪个比较刺激一点儿，哪个又比较玩命一丢丢？！

答题线索：食道在胸腔，心脏也在那儿。

如果骨头卡得很微妙、很高标，用内窥镜从嘴巴经由食道看过去，你或许能看到小心脏就在骨头旁边"扑通扑通"地跳，够胆的你就去戳一个试试，看会不会出大事？！

总之，如果卡在食道，卡在通向胃部的入口处，进出不得，考验的就是兽医的综合能力和老天给狗娃的运气。

今日主角之一便是这样的境遇。

我们先用内窥镜探查，情况不乐观，建议主人开腹，把胃打开，然后想办法把骨头抠到胃里，再取出，至少不用开胸这么刺激。

手术前，主人突然提议：如果能用内窥镜夹出最好，如果不行就推进胃里。

我对这种莅临医院指导工作的主人向来没好脸色：就算到胃里也得打开取出。

主人很"专业"：如果能到胃里就让它在胃里待着，狗的胃酸很强大，一定能把它消化掉。

我很有涵养地没有打断他的胡说八道：您知道这个"它"有多大吗？自行消化纯粹是一个笑话！

可能我目露凶光的样子有点可怕，主人乖乖闭嘴。

幸好！

这是一个无比无奈的"幸好"。骨头卡得很扎实，纹丝不动，只能切开胃再想办法取出。

由于我的手指太粗，不适合这么精细的工作，随即召唤手指纤细的美女医师来相助，请她尝试去抠那块顽强的骨头。

一番缠斗，终于迎来手术室里的一片欢呼。

接着缝合胃、冲洗腹腔、缝合肌肉、缝合皮肤；然后送狗入病房，等待允许进食的时间，观察术后反应，如果不吐不拉，又能正常排便，才算过关。

骨头重见天日时，拿出去给主人看真切，看看这号称"从小喂到大"的东西，入口前不过十块二十块吧，这一出口就要好几千大洋，你说贵不贵？！

你敢给你家狗娃吃这么"贵"的骨头吗？！

"复读机"主人当下表示再也不敢了，他说他终于相信"狗真的不能吃骨头"不是童话里用来骗人的。

料理完这单，扭脸又是一个急诊。

它到底怎么了，为何难受得口吐泡泡，呼吸如此困难，难道也和骨头有关？

答案下篇揭晓，这个坑值得你们"跳"。

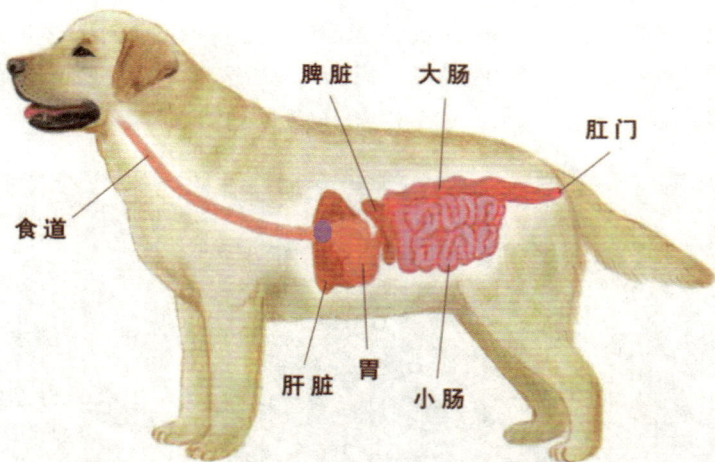

脾脏　大肠

肛门

食道

肝脏　胃　小肠

常识科普：示意图中紫红色圆点就是骨头卡住的位置，是进入胃部的入口。不要总觉得自己的娃会有神功护体，得神仙保佑，谁敢保证自己不是下一个为昂贵骨头买单的人？

10 狗界吃货，偷吃是会要命的

这话不是说给狗听的。

22　November　2017

来急诊的是一只法国斗牛犬，也是一名吞骨大仙。

虽然是同事的诊，但狗娃在诊疗大厅里"呼哧哈嘿"的动静着实牵动着大家的心，不论工作人员，还是其他病患家属，有专程围观的，也有路过时驻足的，人人表示：看着就难受，本主儿得多遭罪啊？

纷纷向主人询问：这是怎么了？

主人解释：它自己吞了块猪骨头，好像是卡住了……

我这暴脾气！上前两步准备用目光"杀死"推卸责任的人。

一边是不住吐泡泡倒气的狗，一边是半路杀出的"变态"兽医，紧张氛围的压迫下，主人带着哭腔：真的不是我喂的，骨头掉地上了，还没来得及捡起来，它就一口吞下去了。

诚恳的眼神补了一句：天地良心。

我面色缓和些许，"OS"挺无奈：是不是实情也没那么重要了，而且常在饭桌下蹲守的毛小孩也的确早就练就了偷吃抢食的盖世武功。

当务之急是赶紧处置吐泡泡的那位。

X 光清晰可见，猪骨头卡在咽喉处，还未往下走。

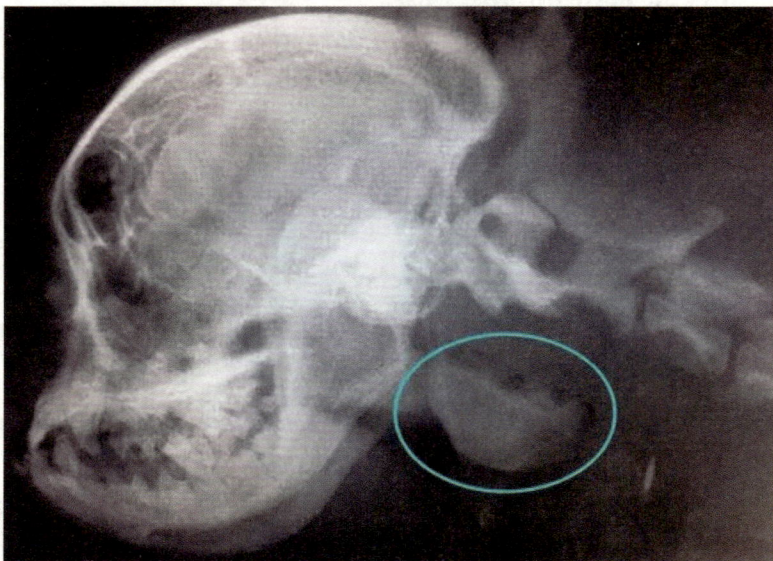

不得不说，这位法牛同学自带神一般的"自救"功能。怎么说呢，不知是运气好，还是他够聪明，除了不得已的症状，它一直表现得很冷静，没有疯狂挣扎躁动，否则，骨头很可能没这么老实，早就一路小跑到险境，开胃还是开胸就未可知了。

给小法同学稍微来点儿镇静剂，然后用长止血钳探入咽喉，夹住猪骨，稍旋一下，再轻柔地往外一拖，大功告成。

虽然没有动刀开膛，但这个骨头也绝对比在菜市场买的时候"贵"。

不管是麻了几个小时又挨了一刀取出的，还是打了盹儿夹出来的，如果主人们都能重视这些骨头的"价值"，能够抵御馋小鬼们觊觎贪婪渴望的目光，守住荷包是小，免它们遭这一罪是王道。

流一地口水总比吐满嘴泡泡强吧？

流一地口水总比吐出个五湖四海，强吧？！

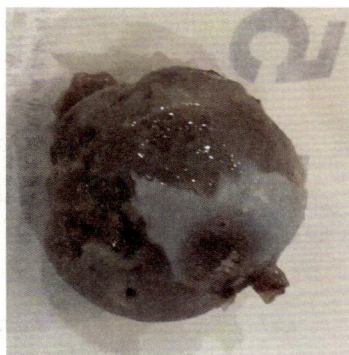

今儿一早就来了个翻江倒海的，得亏我因起晚了早饭吃得潦草不够量舍不得吐，不然我定会和偷吃了巧克力的狗娃比比"吞吐量"。

知道狗界吃货和人间吃货的差距在哪儿吗？在偷吃这事儿上，前者是会被拎来医院催吐的。

我还在想着到哪儿再"偷"吃点儿早饭，一位老顾客就牵着一只贵宾犬匆忙上门，狗娃一副欢欣鼓舞，主人一脸火烧眉毛：它吃了巧克力！

我咽了口唾沫：什么样的巧克力？

手机图片递上，是必胜客松露形巧克力蛋糕。

我必须声明：1. 必胜客没给我广告费；2. 必胜客没提供给我免费吃到饱的福利；3. 五折卡也没有；4. 我并不喜欢必胜客 Pizza；5. 这东西特么绝对不能给狗吃；6. 早餐就吃这么美味的甜品，是来拉仇恨的。

据主人揭发，这果然又是一名盗食大侠，蛋糕放在桌上，盒子都没打开，也就五分钟时间，主人扭脸看，只剩盒子不见蛋糕，"魔术师"在不远处假装往窗外看风景，嘴边的褐色粉末却出卖了它。

主人是有常识的，知道巧克力对狗来说是禁品，一经发现，迅速就医，前后不到一小时，所以，食物多数还在胃里，赶紧催吐，可减少吸收，降低中毒风险。

不管贵宾盗侠愿不愿意，我们三下五除二就让它"爽"了，吐了老大一摊在桌上，咖啡色的呕吐物中，还能看见一小块不成形的巧克力。

那酸爽的味道弥漫在诊室，我光顾着"幸灾乐祸"地安慰狗娃，忘了和"五湖四海"合影留念，等想起来的时候，助理已经收拾干净。我也不知道该如何形容当时的场面，反正狗狗用洪荒之力吐出了一片气味和面积都很震撼的"汪洋"。

虽然无图可示，还是要郑重提醒各位主人：对狗界吃货是该采取"防盗防抢"的措施了！

常识科普：拜托不要再喂食骨头了！若有异物阻塞肠道，尽早确诊尽早开刀。若真的内视镜或影像上无法确认但高度怀疑的，则需进行开腹探查 Exploratory Laparotomy，也就是打开肚子把肠子拎出来好好一段段检查个清楚，若有异物立即取出，若无异物则关上缝合。

这么做为的都是尽早处理，如果肠道因阻塞过久而引起坏死，就必须截肠，那比只是开肠取异物的术后死亡率高出许多！

很多吞了异物的病宠，肠道造影并无明显显示阻塞，但肠道蠕动时间异常，所以兽医师也会建议主人开腹探查，尽快抓到"凶手"。

不知被谁啪啪了，怪我喽

动物没有时间观念，它们只有当下感。

22　November　2016

生老病死乃人的头等大事，宠物也是。所以，很多人以为作为最佳主人人选，兽医养宠物，理所应当。

但是我没有。

头疼脑热是管得了，朝夕陪伴未必做到。做不到的怎好意思占人便宜，再不济，也是命一条。我自己三餐无首尾，硬要撩人家耍乐，总是不厚道。不养不是罪，养了不善待，可能遭雷劈。

不过，那些依赖我存活的老病号，个个在我心里有间房，常常想起，推"门"看看，不知它们现在过得好不好。

若是在医院不期而遇某位，心提嗓子眼：又出什么问题了吗？最近病情控制得不好吗？是有新的病发生，还是这小王八蛋又乱吞了什么？

……

排比问句连珠炮，主人淡定：来打疫苗。

半只脚在门外嘲笑：急什么急，本尊已抽搐。

自嘲般回复：好好好，打预防针好，说明健康。

心里抹汗：早说啊，吓瘫宝宝了。

主人似听见，神情丢过来：怪我喽？！

金毛小姐很年轻，一岁有半，浑身金灿灿，却一脸"怪我喽"的无辜状，让人好生怜爱。

主人要给她绝育。

金毛小姐是不乐意吗，干吗一副可怜相？

我腹语传道：小妞，你妈是为你好，省得将来"子宫蓄脓"这等讨厌鬼来烦你……

巴拉巴拉一通，金毛小姐无动于衷。

换主人尴尬，欲言又止。

再普通不过的绝育，为何把气氛搞得如此怪异，是我笑得略显滑稽吗？！

主人支吾道原委：前阵子带它出去玩，一时没顾上，可能被某公狗啪啪了，不晓得有没有怀孕……

这尼玛是堕胎不是绝育，好伐？！

"OS"巴拉巴拉又一通：知道它发情了一定要看管好；外面小混混、二愣子、高富帅、屌丝、男神均干柴烈火，兽性难耐；明知发情，带出门必是招蜂引蝶，抵不过八仙过海来献媚，可恕；不知被哪路小妖上了身，实在可恨。就算有意相配，找个门当户对的，生出的总也是金毛宝宝，不至于一群小怪物出世，找个好人家都难……

我绝不偏见串串儿，爱串串儿海枯石烂的大有人在，我亦敬意满满。

怎奈俗人早已遍地，免费领养金毛或串儿，别跟我说一样高几率。

尊贵的主人们，咱以后带狗出去，能别各玩各的吗？！

腹黑吐槽连篇，也是极有私心的。

单纯绝育，可谓造福；挟带堕胎，造孽之嫌，我也俗人一个，救命可升天，杀生事，当然能免则免。可惜，主人亡羊补牢之心没错，我手里有刀，我不入地狱谁入。

怪那个爽歪歪不知踪影不知姓谁名谁哪家哪户的小兔崽子公狗吗？

它也没错啊。

哎，掐指一算，估计还无狗形，赶紧动刀，不能算闹出狗命数条，阿弥陀佛。

打开金毛小姐子宫，我"哇"了六个感叹号，一颗颗一团团鼓起的小胚胎，不是没有惋惜，但理智说：人间并没有很好玩，今日毕，好过他日被人嫌弃。

拿去给主人看，脸色一半自责，一半庆幸，倒也合理。

拍照留念，接回金毛小姐，大家都尽快忘了这个"劫数"吧。

昏迷中金毛小姐，面目安详了些许。

初见时，可怜兮兮，神色慌张，好似犯错的是它自己，又似母性发作，不忍和腹中胎儿分离。看着它，我心再生怜意，或许也是被慌张的主人戏谑过责问过，逼它说出"奸夫"家住何处。

摸着它柔顺被毛，我安慰道：这件事儿怪到佛祖那儿也怪不到你头上。

作家冯唐在《如何成为一个怪物》里有这样一段话：动物没有时间观念，它们只有当下感，没有记忆，不计划也不盘算将来，只领取而今现在。

我们如何爱护，如何喂养，如何给予，就是它们的，而今现在。

常识科普：绝育！绝育！绝育！不管公犬母犬，都有各自不绝育可能会发生的疾病！除了自身疾病外，绝育也可避免公犬主人遇上母犬主人上门要奶粉钱，母犬主人也可以不用为了未婚怀孕单亲妈妈孩子不晓得往哪儿送操碎心。

2 "皮蛋"变性记

造物主对每一样物件的分配安置，都是经过缜密安排的。

5 December 2016

"皮蛋"是一只英国古代牧羊犬，八岁，按照现在流行的说法，它是大叔级男神。

但此男神少了一颗蛋。

不知道是不是因此而得名"皮蛋"，如果是，主人好顽皮。

严格来说，"皮蛋"的"蛋蛋"不是丢了，而是藏起来了。

医学上叫隐睾，英文叫 Cryptorchidism。

之于健康，隐睾不一定有问题，但也不保证绝对没问题。

造物主让"蛋蛋"这东西装在蛋皮里悬挂在外招摇过市，而非藏在其他什么地方，比如腹腔内，就一定有它的道理。

"蛋蛋"这东西吧，喜好凉爽，所以挂在外面，在比体温低的环境中，它会生存得比较自在；相反，让它在腹腔这样的地方泡个三温暖蒸个桑拿什么的，"蛋蛋"的细胞组织就要饱暖思变异了，比如，变个肿瘤出来。

"皮蛋"就是这样一个倒霉孩子。

它的蛋皮裹着独蛋一枚，另一枚赖在肚子里，且不好好作为一个"蛋"成长，偏偏长成肿瘤，更创意无限的是，长成了一个荷尔蒙活跃的肿瘤，叫做 Sertoli Cell Tumor，最牛的是，它还能制造出许多雌激素。

对，你们的理解没有偏差：因为一颗顽皮的"蛋"，使得一位雄性的体内蕴含了大量的雌激素，大叔级男神瞬间变娘炮。

那位犹抱琵琶半遮面的"蛋蛋"先生，你这么做问过宿主的感受吗，知道它心理阴影的面积有多大吗？

"皮蛋"唯一悬挂在外的"蛋蛋"开始变小，胸部开始变大，甚至不断分泌乳汁……最恼人的是，出门在外，会有各式成年男子，垂涎欲滴地试图非礼它，生生把英俊的"皮蛋"当作了适婚女子。OMG！

除此之外，可怜的"皮蛋"先生，皮肤出现色素沉淀、毛发陆续脱落、骨骼抑制造成了贫血等等一系列变化都纷至沓来。

我看见"皮蛋"的第一眼就觉得它是一位面目清秀的美男子；第二眼，看见它下垂的乳房，浓浓的违和感；第三眼，萎靡不振的"蛋皮"好像很不开心自己与羞涩的乳汁对望，相互惊吓着嫌弃着；第四眼，"皮蛋"无辜至极的眼神，好像在求助：医生蜀黍，你能告诉我我到底是男是女吗？

呵呵，本兽不厚道，顿时幻想着狗界举办了一场人妖选美，"皮蛋"风姿妩媚，拔得头筹。

这样对"皮蛋"好吗，太无耻了。

为救赎邪恶的脑洞，我麻利地手起刀落，让两颗分离的"蛋蛋"在光天化日之下团聚了，"皮蛋"正式编入光明正大太监组，从此不再受那雌雄莫辨之苦。

数月间，主人依约回诊，"皮蛋"的状况逐渐恢复。

虽少了两个"蛋蛋"，但贫血不再，乳房回收，乳汁不现，毛发也旺盛起来。

"皮蛋"终究是回到了一只古牧男子该有的样子。

清秀如昔，英姿勃发。

常识科普：公犬在八周大时，若两个"蛋蛋"还都没出现在蛋皮里，就可以称作隐睾。当然，也会有晚于八周蛋蛋才由体内下降到蛋皮内的现象。建议观察至六月龄，若仍没有出现，则要再降下来的几率就极低了。

约有百分之七到百分之十三的狗会出现隐睾，猫相对少见。

长期生活在不恰当环境里的睾丸，出现肿瘤的几率是正常环境中睾丸的十四倍。

这高达十四倍的数字提醒主人的是：绝育要尽早，风险会减少。

3 一种绝育，两类纠结，三方受益

给它们很多很多的爱，也要给它们很多很多的健康。

12 Decemberl 2016

在宠物医院工作，可以感受到人对宠物浓厚的爱。

尽管我不停吐槽，甚至不友好地讥讽，还三不五时翻白眼翻到快瞎的地步，尽管很多饲主对毛娃子们的爱包含着些许无知，尽管他们时而鲁莽、粗枝大叶，以至于犯下很多错误，但我绝不是想要全盘否定他们，否定他们的爱，我更无权轻慢关于爱的种种表达，爱，能够存在，就足以让成千上万的毛娃子有一个幸福的结局。

所以，写故事时，尽管我可能会用一些极端的比喻和修饰，但不代表我把自己放在了道德制高点，机会难得，我纯属是想肆意一把。既然把故事定义为"日记"，我就想用最真实的嘴脸在自己的地盘，撒撒野、放放风，至于让谁爽了，惹谁厌了，我不是很关心。

我大部分的"关心"留在医院里，用来和主人的各种心态斗智斗勇。

绝育手术，隔三岔五就要做，一半是主人自知；一半是不得不，但两种形态都会经历纠结，我虽已见怪不怪，但还都必须尽力安抚、说服。

十一岁北京犬，主人捧手上怕摔，含嘴里怕化，先天性心脏病，曾被多方"恐吓"不要做任何手术，怕麻醉后醒不过来。

可是它的"蛋蛋"从今年夏天就不间断开始有溃烂，据说每次上药时都像杀小猪般挣扎嚎叫，声嘶力竭得犹如世界末日。主人揪心，找我求助，我说拿心超、验血结果给麻醉师评估，他说可以，我绝不手软；他说不能，我也绝不逞强。

结果是可以，主人当即心宽得没边际，转脸"贪得无厌"起来：那能顺便把牙洗了吗？

麻醉师说教：绝育手术的麻醉时间在狗狗身体可承受范围内；洗牙需花费一个小时左右，我不敢保证它能醒过来。

主人立刻闭嘴。

手术定在一周后，以我的经验，别看主人当下欢欣鼓舞，回家后通常还得有反复。

果不其然，她开始纠结了。

我就静静地看她把自己绕成一团毛线。

她说：没结果前我是很坚定的，现在分明了，我反而犹豫了，会不会有意外呢？

她说：没准一周后我会选择放弃，不是怕它挨一刀，是怕它醒不了。

看上去也是个有头脑的人，职场杀伐决断都没这么患得患失吧？！

关心则乱，说的就是这样。

手术前，麻醉师最后一遍问她还有什么疑问，她抱着她的心肝宝贝泪盈于睫：它会醒不过来吗？

手术顺利，狗狗如期醒来，皆大欢喜。

之后她又开始另一番自我折磨，恨不得二十四小时监控术后小儿，频传图片，一丝风吹草动都感觉龙卷风要来掀房子揭瓦。我哭笑不得，连忙"教育"：刀口长得很好，无须过分担心，合理观察就好。

爱，让人慌乱，也让人坐立不安。

Relax，可爱的主人们。

第二种纠结是不想给子宫蓄脓的老狗做手术的，主人开始非要坚持保守治疗。

我从医学角度说明：狗狗年纪大，有多年心脏病史，子宫蓄脓已造成菌血症，使得它的身体状况极差，唯一的处理方式只有尽快手术。

主人顽固，我只好"撒泼打滚"：此病绝无二法，保守治疗等于等死！

主人顽固依旧。

只能先把老狗留下住院，给足抗生素。

第二天一早，我请麻醉师再次评估，然后我俩携手继续劝说，做最后的努力。

不知是"恐吓"威力到位了，还是主人回家问度娘了，反正经过百般纠结，他终于明白不做手术对生命的威胁更大。

打开、切除、缝合，然后拿着大香肠般的一串儿子宫让主人看。看着灌满脓液的"大香肠"，主人这才明白我与麻醉师苦口婆心，联手晓理动情，上蹿下跳的，不是要谋财害命。

接下来他就老实听话了。

虽然子宫拿掉，感染根源切除，但不代表脱离危险。命主人继续留医，等白血球恢复正常了，再来欢聚。

六日后，老狗摇头晃脑、精神抖擞地跟主人回家了。

亲爱的主人们，你们尽管去怀疑兽医师"威逼利诱"你们做那些检查的用心是为了多挣银两，也尽管去相信那些大喇喇地说一句"保证没风险"的勇士英雄，本兽不才，不见数据评估，绝不下刀。

但，如果你是我的病号，不管你纠结如麻还是如大麻，是要吓死自己还是麻痹自己，千钧一发时，我必十八般武艺全使出来。

解你心结，让它舒坦，换我自己心安。

常识科普：绝育的重要性我会不厌其烦地说：母犬绝育可杜绝子宫蓄脓和预防乳腺肿瘤，两种"妇科病"一刀解忧，永绝后患；公犬绝育可防前列腺炎生殖系统等疾病。

子宫蓄脓手术后为何还不算完全脱离危险？因为原本蓄脓的毒素早已透过子宫的血管流窜全身，必须把这些流窜的感染铲除，才能安心放病患回家。

4 白花花的屁股和长长的高速公路

疾病有解，无知无解。

原计划今天不能太忙，早早就告知前台，请各位姐姐手下留情。

不是我要偷懒，我们医院的 MRI（核磁共振）要进入新一轮的测试，若再拖下去，估计院长大人就得把我拖出去……当然不是拖出去吃喝玩乐，吃喝玩乐不用拖，本兽会很积极地紧紧跟随。

前两天的一台热消融手术延期到今日，也不是我偷懒，是机器出了点故障。周五我本休息，还抽空去医院确认是否维修妥当。

没有人要求、提醒，我是自觉自愿的，但也没人表扬，没人点赞，更没加班费，连前台姑娘点餐时都没算我的份儿……有种淡淡的忧伤。

好似听到一个尖刻的声音：你是想去蹭饭……未遂吧？！

哎，人和人之间就不能多一些美好的想法吗？

多点一份便当就这么难吗？

介于那日蹭饭未遂，严重影响了写日记的情绪，我决定明目张胆地偷懒一下，看图说话吧。

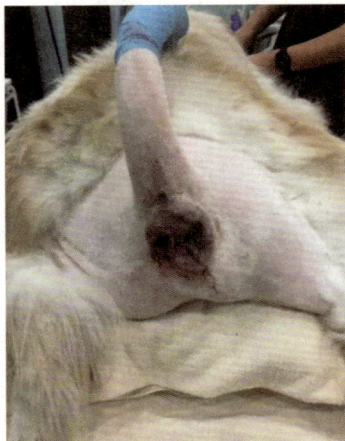

肛周瘤热消融手术前，狗狗有了一个全新造型，亮点是：白花花的屁股，很白吧？

"菊花"旁边的肿瘤已经溃烂，看清楚了！开口的小菊花不是肛门，是破溃后的肿瘤。

术后，怕毛发沾染刺激伤口，狗狗的尾巴需要绑起来，绑起来以后的效果是这样的。

怎么又有一个酸爽的声音出现：你是要拿这个去路口指挥交通吗？！

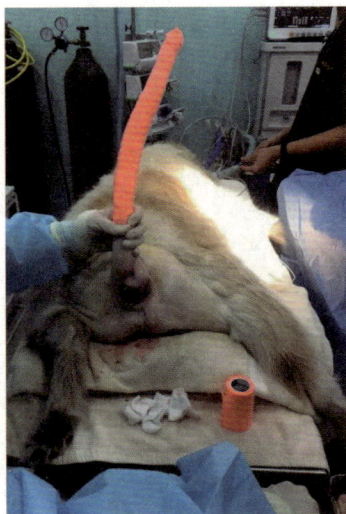

这样"笑话"一位生病的小朋友，做人实在不厚道。

说是"小朋友"，其实人家已经九岁了，名叫"六六"，按理说，小朋友叫它一声"金毛爷爷"不为过。

大约半年前，老爷爷已经露出过一次白花花的屁股，同一个位置，同一种瘤，只是切除手段不同。这一次，主人选择热消融，因为得知抑制肿瘤复发的效果比较好。

再怎么有优势，狗狗都是经历了一次手术。别问我肛周瘤怎么回事儿，我只说一句：不切"蛋蛋"是头号"杀手"，多了我不解释。

关于"倡导给宠物绝育"的问题，你说我"祥林嫂"我绝不否认。

既然担了"祥林嫂"的封号，就必须做符合身份的事儿。

再来一例，今天临时加出来的乳腺肿瘤手术，前台姑娘，你们看不得我"偷懒"是吗？

无论主人多纠结多紧张多想"蒙混过关"，不绝育的后果从来不会随便放过一次侥幸，不仅不放过，逮到机会，变本加厉。

"囡囡"，七岁，也是即将进入老奶奶级别的。

我能说句"作孽"吗？老人家的晚年生活原本可以避此一劫，除了切除肿瘤，还做了绝育手术，可是早些绝育呢，也就是一刀的事儿。

约五十厘米的刀口，缝完切口，我心疼自己和狗狗 100 秒：累死本宝宝了，以及可怜的狗宝宝。

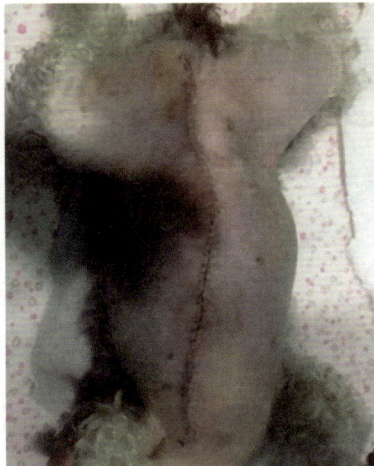

别再跟我说什么"舍不得"、"不人道"、"它会怪我的"、"它会自卑的"……

看看这伤口，都是你们"好心好意"的下场。

没人表扬、没人点赞，还得支付比绝育手术贵的医疗费，最主要，宠物受的罪，翻了倍。

那个声音好像又飘过来挖苦我了：

大哥，您这是在修高速公路吗？

"OS"忍无可忍怼过去：对，怎样？！我就是修高速公路的，修完以后，我还要拿着指挥棒站在路中央，把有爱却无知的主人都拦下——二百块，六分！

常识科普：关于公猫、犬最佳绝育年龄，各国兽医有不同观点。德国兽医的观点是一定要等它们发育成熟后再做，理由是：第一，过早绝育会使它们失去荷尔蒙，有一定的概率造成骨骼发育异常；第二，八个月之后的猫、犬各方面趋于成熟，包括免疫系统，这时手术，利大于弊；

一位给五个月猫咪做绝育的美国兽医认为，年纪小恢复得快，同时还解释说，尽早绝育可以免去成熟后发情到处喷尿的困扰，对主人对猫都好；

韩国兽医认为，只要小公猫出现发情症状就可以手术，和小母猫不同，即使处于发情期，小公猫也是可以手术的。

5 狗小姐的"大姨妈"问题
狗的经期称作 Oestrus，来自希腊文。

| 16 | March | 2017 |

两天前，我的老朋友"小麦"挺着大肚子来了。

哦，不对，是挺着大肚子被主人抱着来的。

"小麦"是一只玩具贵宾犬，主人要给它做产检，并希望剖腹产。

来的那天，"小麦"已经怀孕五十九天，主人问：什么时候能剖？

我掐指一算……说：不知道。

得先做检查，确认宝宝数量和活力指数。X光、B超齐上阵，两名幼儿心跳均强有力，B超显示，腿脚灵活，已经开始乱蹬乱踢，一副不安分的雏形。主人在一旁喋喋不休，它已经生过一胎，上一胎一只，难产，所以这回特别紧张，这次准备用剖的，顺便绝育。

问题又来：什么时候能剖？

我又掐指一算：真的不知道！

先别急着嫌弃我，说说我不确定的理由。

狗怀孕天数约五十八到六十五日，平均六十二天。五十九天是差不多要生了，可"小麦"这回五天内配了多次，五十九天是从第一次配种开始计算的，但实际上，可能是五十九，也可能是五十四天。

这么算大家都看得懂吧？虽然我的数学很烂，但狗娃生产关乎性命，我是可以把脚趾头都用上的。

主人也跟着算，还很贴心地避开我的休息日，看他如此认真，我最后掐指算了算：周四吧，后天来剖。

但还是担心有意外，没等剖就生了也是有可能的。所以，请主人回家后密切留意准妈妈的基础体温。

昨天一早打电话问，主人说三十八度多，晚上就来电话，降到三十七度五了。所以，赶紧把原定今天下午的手术调到早上。

上午九点，"小麦"又当了一回妈妈。

一切紧凑而顺利。

上针、剃毛、吸氧、麻醉、消毒、剖腹……两只健康宝宝呱呱坠地，顺便给"小麦"做了绝育。

主人问了我一个特别……白痴的问题：它以后不会再来"大姨妈"了吧？

我赶着准备第二台手术，不然一定拿他当学龄前儿童，给他上一堂最初级的生理卫生课。

当然，我不会因此真的去嘲笑任何主人，术业有专攻。再说，也有很多人多次询问我狗狗的经期问题，是时候，也有必要统一科普一下。

首先，和人类女性一样，母犬性成熟之后就会开始排卵，也会出现阴部出血现象，俗称为"来大姨妈"。

但是！但是！但是！人跟动物还是有不一样的。

人的"大姨妈"称为 Menstruation 或是 Period，就是指月经，正常来说每个月来一次，原本是为怀孕做准备的，所以，已经增厚的子宫内膜因为没有受孕而崩解，而出血，是为月经。

狗的经期则称为 Oestrus，来自希腊文，指的是对性的渴望，在汪星球俗称：发情。基本上每半年来一次，准确说，不适合称为"月经"。

狗狗第一次来"大姨妈"通常在 7-8 月龄，小型犬的性成熟会比大型犬来得早那么一些些。

狗在生理期出血不是因为增厚的子宫内膜崩解，是由子宫内膜充血而引起的。换句话说，虽然都是"来大姨妈"，但人出血是因为已经排完卵却未受孕，导致子宫内膜崩解；相反，狗狗子宫充血是准备要排卵了。

综上所述，现象是一样的，起因和结果却大相径庭。

另外，更不一样的结果是：人的月经是会停的，叫作停经；而狗狗发情是不会停的，到死方休。

到死方休是什么概念?

不绝育可能造成的隐患会伴随狗小姐，终生。

我不是跟狗娃们的生殖系统过不去，只是看得惨案太多太多……

多到我都快"失调"了!

常识科普: 狗的发情期每次大约14天,在发情期前有6–11天的"前发情期",这段"前发情期"就会出现出血状况。过了这个阶段进入"发情期"时,就是交配的好时机。当然,能不能成功受孕,取决于很多因素:母狗的排卵时间掐得准不准、公狗的精子健康状况好不好等等,都是重要因素。所以,出现个把骗吃骗喝骗感情的"疑似准妈妈"就不足为奇了吧?

医生大人，刀下留"蛋"

"蛋蛋"的哀愁……

7 | May | 2017

网上曾经流传一个关于台湾女兽医自杀的故事。虽然已是前几年发生的事情，但不知为何常被拿出来当"新闻"传播，不管何时看见，我总是会觉得很心酸。

与朋友闲聊时也会涉及这个话题，他们向我投来关切的目光，潜台词"你……还好吧，你……可别想不开……"。

我挺好，也没人能把我送进牛角尖里。

生活的确错综复杂，微如尘埃的人努力活得简单一些，别动不动就把原本普通的言行、观念上升到道德高度。

道德是用来约束自己，而非绑架他人的。

思考，是需要的。但思考是为了灵活大脑、通透心灵，如果把思考变成枷锁，你越抽丝剥茧，就越剪不断、理还乱。

追求磅礴辉煌的成就是一种积极的态度，但若忽略了平凡日常的细腻，最终留给人生的或许只是一个高大而空泛的背影，它不敢转身，身后没有风景。

我常在复杂的病例里烧脑，但比"常"更经常的是那些琐碎得不能再琐碎的小毛病；前者令我磨洗学术，后者让我享受工作。

或许有人会说：医院里尽是生老病死的相遇，何来享受？

这正是我写"变态"日记的初衷——选择了一条不太平坦的路，那就把脚步走得"花俏"一些。

何谓兽医的"花俏"，窃以为，暗藏好奇心，笑对琐碎事。

今天有个小乌龙，看上去没什么大阵仗，可一想起来我还是笑成二五八万。

预定的手术即将开始，主人领着男主角一早就候场了，主动汇报：按要求禁食禁水。

看上去颇为乐观的女主人，有着阳光一般的笑脸；青涩懵懂的小柴犬，处处露着对世界的好奇，不识愁滋味地探寻周遭。

我看了一下病历，心生疑窦，唤主人前来，和她确认狗娃的年龄。

两位都是生面孔，询问自然要细之又细，详细建档，日后可提高看诊效率。

谁知刚一问年龄就卡壳了。

女主人掰着手指算了半天……无果，直接跟我说：它去年十一月出生的。

遇到个数学比我还烂的真的是破天荒，我很骄傲地伸出双手……这么难的题，必须亲自出马。

算来算去，确认了几遍，此娃还不到六个月。

搞什么搞？！

难不成是我普及"绝育"过度，已经到了矫枉过正的地步？！

有点欣喜，也有点心虚。

给未成年"小男生"去势是"犯法"行为啊，虽说狗狗和人不同，KC（"咔嚓"）了也没大事；虽说江湖已遍知"变态"和"蛋蛋"疑似上辈子就过不去，但"OS"从远方快马加鞭，风驰电掣，高举"圣旨"，声嘶力竭：林医生，刀下留"蛋"啊！

好奇心激荡，问主人：为何这么早就要给它切"蛋蛋"，是受我这个代言人的"蛊惑"吗？

哎，我又自作多情了。

主人说是公安局规定，要绝了育才能办狗证。

我更加疑惑了，我们医院是公安局指定的疫苗注射及办证协助单位，法规条例自是明了，可从未听说过有这么一项规定，况且，这也不合逻辑啊。

一般来说，我建议公犬最好一岁之后，等狗娃整个发育完整了再做去势手术（为了方便大家理解，所以我统一使用"绝育"，但其实严格来说，雄性动物绝育的专业名词是"去势"，雌性的叫"节育"，在此说明一下）。

而且，公犬不像母犬，后者尽早绝育为的是提高对子宫蓄脓和乳腺肿瘤的预防率。

我请前台姑娘致电公安局咨询、确认，她们比较熟悉这些流程和作业，得到回复说这是个误会，主人不知从哪里听来的消息，为了狗娃有个合法身份，巴巴地一早带来要"咔嚓"。

所以说，合理的思考和判断我们还是要具备的。

如果公安局的确有这样的规定，那从医院的手术记录来看，一定会有不少未成年男子被净身，但并没有这样的情况；那只能理解为很多一岁以下的男性汪都没有办理身份证，属于黑户。

乌龙解开，主人阳光笑脸变得有些没心没肺。

不过，必须说，这是位守法的好主人。

临走时，小柴犬依旧一脸懵懂，不知为何来，不知为何又离开，更纳闷的应该是自己这趟"旅行"还忍受了非一般的饥渴交加啊。

突然心疼娃娃两秒，蹲下握它稚嫩小爪，以"变态"怪蜀黍的口吻对它说：今日阁下逃过一劫，"蛋蛋"让你多留数月，请珍惜这段时光。再见时，"蜀黍"手起"蛋"落，就没有"皇榜"了。

呵呵，"OS"笑得好阴险。

一旁大大咧咧的主人，已然笑翻。

常识科普：公犬切"蛋蛋"叫 Castration（阉割、去势），母犬拿掉卵巢子宫叫 Spaying，而 Neutering 通常指 Castration，但也可以通用在不管哪个性别的绝育。中文在这一方面的翻译我也实在搞不太懂，习惯上为了区别公母，我会把切"蛋蛋"叫去势，母犬就称绝育，也可以不搞这么复杂，都叫绝育。

那何时去势或绝育呢？

母犬较少争议，由于常见疾病如子宫蓄脓和乳腺肿瘤，建议母犬绝育在第一次发情前或后。

而公犬最佳去势年龄有比较多的争议，原则上，我的立场是让它们好好发育完整，一岁之后再施行。

子宫里蓄脓 21 天，你怎么看

还看个屁啊，除非你瞎了。

| 10 | June | 2017 |

B 超下的子宫像一个被生吞进肚子里的超级大香肠，横跨在膀胱边上，嚣张又肆意地炫耀着自己野蛮生长的模样，MD，老子以后都不再吃香肠类的东西！

助理进来，递上血检报告，我脑子瞬间塞满变态的"大香肠"……白细胞上演"速度与激情"，豪迈不要命地飙到六万五。

六万五！尼玛什么概念？！

十万火急请高效团队加班加点，手术必须立即马上。

这是今天下班前的一个急诊，带狗来的看上去像是父女俩，一前一后进来，爸爸手里抱着一只上了些年纪的博美，狗狗下半身用毯子裹着。

进得诊室，我问：狗狗怎么了？

答：屁股那里一直流出这样的分泌物。

主人把毯子打开给我看，托住狗狗屁股周围的毯子上的确有一大片脓状分泌物。

我内心顿时一阵不安：这样子多久了？

答：大约有三周了。

问：怎么拖到现在才来？

答：因为第一个星期之后有所好转，我……就想再看看，没想到后来又分泌得多起来。

问：绝育了吗？

答：没有。

"OS"上阵：……你！

想必有些常识的主人应该猜出个八九十分了吧——未绝育母犬能列出哪些"妇科疾病"不用我再跳出来扮唐僧了吧？

迅速望闻问切，然后迅速安排血检B超，迅速被结果"打倒"。

术前准备时，前台姑娘溜进来跟我打小报告：林医生，我跟你说哦，刚才我跟主人聊天套他的话，他自己交代有给狗狗喂过抗生素，就是在发现狗狗不好了的前一周，他没跟你说吧？

这金牌密探当的，必须点赞！我说刚才主人描述病情说到"一个星期之后好转"时顿了一下，欲言又止，话被吞下一半，敢情是"抗生素"。

助理来报，主人在门外有事想问，好的，撞枪口上的我哪里舍得放过。

不知是心虚还是我"气焰"高涨，主人问话完毕就想快速撤离，我干咳一声叫住：别以为我不知道你有乱喂抗生素……

他头也不回假装尿急往厕所跑，我好气又好笑，"OS"阴阳怪气：有本事你憋个三星期。

进手术，大家已经各就各位，资深住院医师王姐心疼地抚摸着昏迷中的老小姐。

一边手术，一边运气，最终我还是没忍住嘴贱地问一旁沉默的麻醉师：请问这位仁兄，如果你的阴部流脓，你会放任它流三个星期吗？

他闷声：我是男的。

我不依不饶：就是做个比喻嘛，你就假装你是女的回答一下我的问题，行不行？

他拒绝再跟我对话。

我又转向王姐。她是住院医师中手脚最麻利，为人最热心的，全院没有她找不到的东西，连根橡皮筋躲在哪儿她都能又快又准地挖出来，上针如有神助，手术若是她跟，速度可翻倍，神经不用那么紧绷。

我刚叫一声"王姐"，她立即回复：你给我闭嘴，想死你就问！

一个最专业的麻醉师，一个最得力的助手，为了日后工作便利，我还是别招惹了。

手术室内还有一位，无刷手助理（即手术区外负责物品传递的助理——编者注），小姑娘刚来没多久，貌似未满十八岁，我转头看了一眼，她立刻瞪大眼，连呼吸都不顺畅了……

这场面怎么有点熟悉？《大话西游》里，唐僧刚开口问旁边的小妖"你妈贵姓"，小妖瞬间自戕……

罢了罢了，我是救命的，不是要命的。

老博美的命算是救下了，就看术后恢复是否能助她彻底度过危险。

出了手术，主人满脸堆笑候着，写满"别骂，我错了"，我也不是那种得理不饶人的主儿，本想拿问麻醉师的话好好揶揄他一番，想想还是算了，不能太"变态"。

知错能改善莫大焉，只盼所有主人犯的错，都还有能改的机会。

常识科普：白细胞六万五，尼玛什么概念？！告诉各位正常值的最高值约一万七，

什么概念？不用我废话了吧？！乱喂抗生素什么结果，也不用我多说了吧？！还有，放任狗娃流脓二十一天，不用问你们怎么看，换到人类自己身上，只要不瞎不傻，医院门槛早被踩塌了吧？！

8 来，切蛋蛋的示意图新鲜出炉

作为非官方"绝育"代言人，我鞠躬尽瘁。

24 | **June** | **2017**

我有一位好友，名叫小 L，是宠物杂志的执行主编，前几天聚餐，他居然对我自封的"宠物绝育代言人"表现出极大的不理解：你说你在德国头悬梁锥刺股地把神经学博士"啃"下来，现在成天念着"切蛋蛋"的经，简直就是大炮轰蚊子啊……

于是，考量数日，我给他写了一封短信——

亲爱的小 L，见字如晤：

你赤裸裸地"嫌弃"我对"绝育常识"普及的那天晚上，我失眠了。心中有一丝挫败感，我问自己：你有病吗，为何如此热忱而积极地教育主人要给猫狗"切蛋蛋"、摘子宫？纵观日记内容，确是大篇幅碎嘴子，但横看医院过客，烂蛋蓄脓前列腺乳腺癌……那些疾病不美丽会叹息，但是可以预防的，这也是我孜孜不倦想告诉主人的：早些动一刀或许就安生到老，为何要到老挨上两刀保命，随着年龄增大，麻醉风险也紧跟其后，这笔账怎么算都是绝育这头赚。

所以，小L，即使大多数人和你一样冲我勾唇撇嘴，我还是虚心接受坚决不改。

这一点，你回头问问你家老板，作为有学识有见识有阅历爱狗狗爱得胆小如鼠的知识女性，她为何铁了心要切掉十二岁心脏病患儿的"蛋蛋"。

当初她给她家"蛋蛋"发炎的狗狗上药时惊心动魄的场面你参与了吗？

蛋疼，你懂的吧？

来，跟我一起唱：我左手右手一个快动作，右手左手快动作重播，这一刀，给你安康，你有没有爱上我……

知道吗？今天，我又忙疯了，可无论如何，我得给你写这一段，还要给你看一张有关"蛋蛋"的图片。

但愿你阅后能……感同身受，一下下就好。

——被你伤了一点点自尊的"变态"兽医

上午两台手术出来已过午餐时间，外头一堆病历等着，下午一台手术的时间逼近，我无暇也无心吃饭，只能闷头接单。

抢时间看完几个诊，助理来报手术可以开始了，突遇好心人递上三明治和酸奶，我连"谢"字都没说，瞬间闪进手术室一隅，众人说：你秒吃了什么？我们都没看清就没了……

住院医师王姐带着几分怜悯：这是他多年练就的本领。

手术开始，一只蛋疼的狗四仰八叉在眼前。

他叫"小吉"，最近不太吉祥。

主人发现它 近期总是舔屁股周围，提起尾巴看一看，摸一下，"小吉"

惨叫得撕心裂肺，原来是"蛋蛋"烂了，蛋皮红肿发炎得很严重。

主人问可否保守治疗，我说与其保守，不如一箭双雕把"蛋蛋"和蛋皮都切掉，否则，后患无穷。这次保守好了，还会有下一次，时好时坏，谁能安生？

第一次听说切蛋皮吧？今儿就简单科普一下。

正常来说，切"蛋蛋"就是在蛋皮上切个小口子，然后把"蛋蛋"从这个小口子里拿出来，把输精管和血管扎起来，切下"蛋蛋"后把小口子缝上。"小吉"的处理方式就是额外要把烂掉的蛋皮也切掉，与仅切"蛋蛋"的狗娃相比，术后的"小吉"不会有空的、下垂的蛋皮了。

这样的手术方式不仅用在"小吉"这样的病例中，有些中老年大型犬来绝育手术时也会采用。它们大而下垂的蛋皮很容易出现炎症和血肿，直接切掉就能避免这样的情形发生。

来，L 先生，收图。

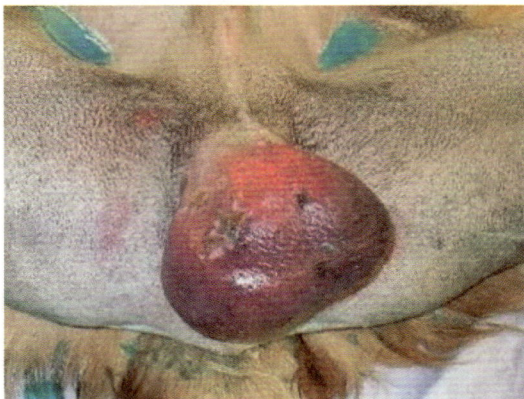

不过这不是"小吉"，是另外一个"病号"的。

不是我偷懒，真的是因为又饿又累又……憋（尿）！缝完最后一针，我以光速奔向厕所。

常识科普：切蛋蛋的手术示意图，非常浅显易懂。调侃归调侃，嘴贱归嘴贱，科普知识，我是认真不含糊的。

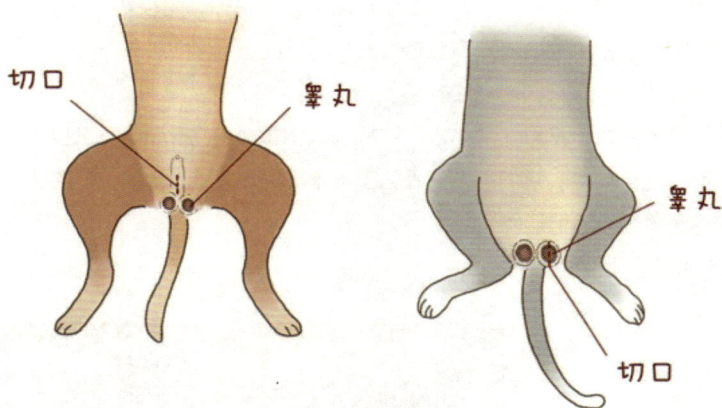

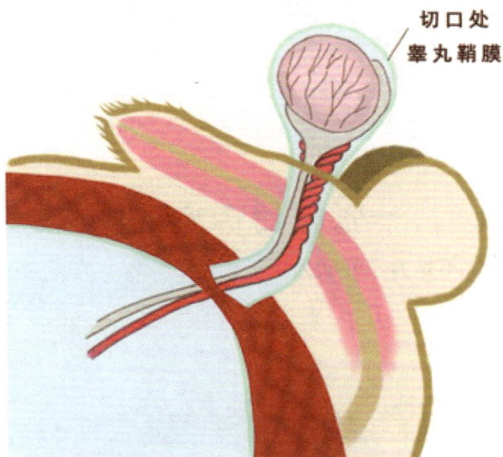

切口处

睾丸鞘膜

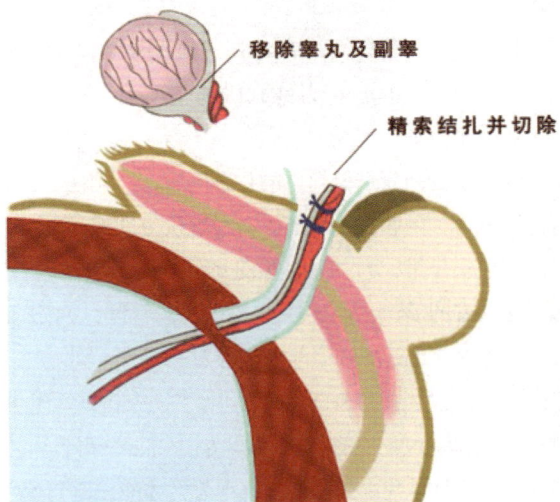

移除睾丸及副睾

精索结扎并切除

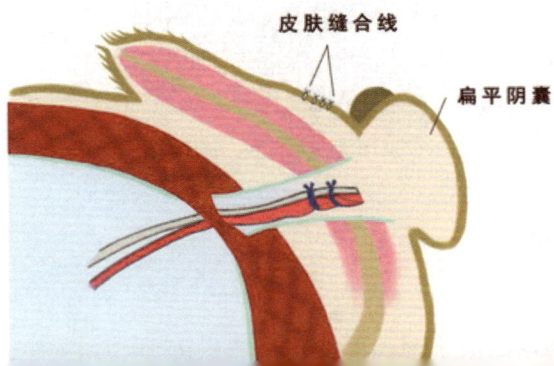

皮肤缝合线

扁平阴囊

睾丸肿瘤，一张触目惊心的图片

科学的存在，不是为了吓唬人玩。

11　March　2017

我常常坚持不懈苦口婆心地对企图通过网络问诊的主人说"没有经过望闻问切，仅凭文字描述、图片就分析、给建议，甚至下结论，都是极端不负责任的"，你们希望我是一个不负责任的兽医吗？！

不负责任等同于草菅宠命。

只要时间允许，我还是会回复一些简单的科普问题，但实在没有更多的精力跟读者进行深层探讨，闲聊更不可能。有科普价值的提问、案例，我会酌情写成日记放在公众号里，为了能够普及宠物健康医疗常识，从起什么样的标题能够引起读者的关注，能够传播广泛一些，能够让受益的主人多一些，我都会一一考虑，也是操碎了一颗"兽"心。

可是，总还有孜孜不倦、源源不绝的"线上问诊"，令我有些无奈。或许，他们觉得动动手指，比动动腿带着病患儿跑一趟医院要来得省事儿、便捷。看着后台密密麻麻的留言，我难免垂头丧气：怎么才能让他们死心呢？

想来想去，倒是他们让我死了心。

还有各种营销合作纷至沓来，什么商业模式，什么涨粉手段，云云。

对于一个根本不在乎掉粉的人来说，涨粉意义何在？

我从来不拿读者当粉丝，至今，我都固执地认为，真正能够读懂、喜欢这个日记的，是和我一样，希望用绵薄之力实实在在改变一些什么，而不是借助洪荒之力，去赢一个虚名，得些碎银两。

赢了得了又怎样，像"Kiki"这样的狗，会少一些吗？

"Kiki"是一只喜乐蒂，和古牧"皮蛋"得了一样的病。

来时，我给主人看了"皮蛋"的故事，迅速科普，免去我口干舌燥之苦，提高看诊效率，或许这是"日记"给我带来的唯一便利和好处。

其实，大半年前，我就给主人看过"皮蛋"的照片，那时的"Kiki"已经确诊睾丸肿瘤，当时也警告过主人要尽快切除，不然迟早会出现"皮蛋"那样的症状。

主人说回家考虑考虑，没承想，这一考虑就是大半年。

再见到"Kiki"，已经脱毛严重，乳房肿大……

我还能说什么呢？

主人还能说什么呢？

只能手术。

术前上留置针时，其他病号主人围观，一个说：怎么毛都掉成这样了？另一个说：胯下肿了一大块的是什么啊？

主人被问得也是没辙，只好如实陈述：半年前就检查出来肿瘤，但实在舍不得让它挨刀子，就想先观察观察，看能不能自己好。

一旁的我真想冲进手术室去拿刀子……在医院门口的墙上刻满"不可能自己好"、"如果能自己好，世上就不会有肿瘤这回事儿"！

看着围观者怜惜同情的眼神，主人自己找了个台阶：没想到越来越严重，它以前的毛发老茂盛老漂亮了。

别说以前，看看现在这斑秃的样儿，怪谁呢？！

我又看了一眼"Kiki"变异的乳房，这不该是一个"男人"应该有的。

术后，斟酌良久，还是决定把这张图 Po 出来，或许会给读者带来一些不适，但最终我还是没有按捺住自己的"变态"心理；从某种角度上来说，我就是想、特别想用这么"刺激"的方式告诉那些"好心"的主人你们不舍得的后果有多严重。

这样的"惨烈"，你告诉我，能 Biu 的一声自行消失，自己就好了吗？！

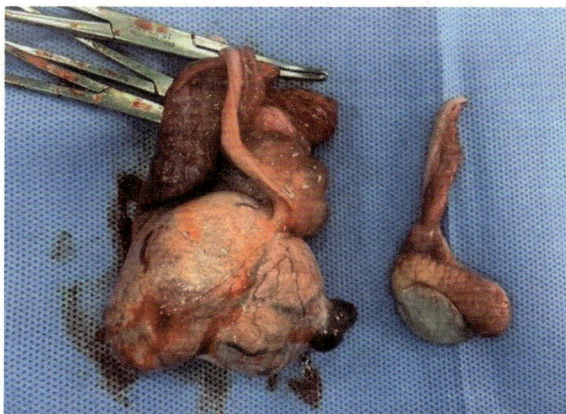

图上所示，"Kiki"的隐睾变成了肿瘤（左）；另一个正常位置的蛋蛋已经萎缩了（右）。

或许有人会说：现在切掉了不就好了吗，也没什么生命危险，你干吗一副愤世嫉俗的样子？

那请你告诉我，一只狗"养"大一颗肿瘤的过程有多痛苦。

说不出来的话，请你原地爆炸一下。

常识科普：肿瘤切除原则：肿瘤手术通常在第一次会有较好的机会能够做完整的切除，并取得较好的结果。而依照肿瘤的不同分级，肿瘤常常就如我们说的冰山一角，露出来的远比它本身的少，因此，在情况允许下，做比肿瘤范围更大的切除，可以确保肿瘤能够不残留。

10 我就是要把"绝育"说到天荒地老！

不仅要关爱它们的生理健康，还有心理。

24 | December | 2016

我在自己的"变态兽医"公众号发的《一种绝育，两类纠结，三方受益》这篇文章被某大众平台抓取转发，不到一日阅读量 100000+，实在吓到我了；但评论中的尖酸刻薄也超出我想象，心中有些不是滋味。

很快，我被九零后的同事严重鄙视了，好在他们善良，很快又帮我做了心理建设，他们说：你这算什么啊，知道明星被骂得多狠吗？知道现在谁最红吗？上网看看，最红的一定是被攻击得最多的。很多人不是为了表达观点，就是为了骂而骂，骂得最凶的，往往在现实里生活得最不幸福，做人很失败，生活空虚，才有报复心和空闲去当键盘侠。

我没时间上网去看现在谁当红，也不关心电脑对面是一个人还是一只猪，但其中有一个观点我必须在此反击，还是为了我到死都坚持的"宠物要绝育"。

这位的谬论：怎么不说绝育增加了患癌的几率，本来绝育这件事儿就是好坏各一半的，医院要赚钱当然说绝育好，这一刀挨得多疼……

我只是个兽医，医院赚不赚钱我都要每天给宠物看病；不绝育才增加患癌几率；"绝育增加患癌几率的"说法没有任何科学依据；你只要能找出一篇有权威性的学术文章，一篇就好，我把自己去势了……

就这么任性，就这么"变态"，就这么杠上了。

今天预约了五台手术，两位洗牙，两位绝育，一位围肛腺瘤。

一早来，就特别把大家抓到一起交代，务必抓紧时间，各司其职，谁也别掉链子。

列位可能无法理解，有时，手术动刀时间区区十几二十分钟，但前期准备，后期扫尾，加起来一两个小时是基础，善后不完，下一台自然无法开始。

今日虽然一台接一台，但时间掌握得相当好，很紧凑，全赖前台、麻醉师、住院医师及助理的协作，当然，最最重要的是，主人们都很配合。

五台几乎无缝连接，全部结束后，只有一位神经科病患在等，不见乌泱泱群众，更是令人心旷神怡。更有恩惠，等待者放我去门口咖啡店讨杯美式，呼吸一下新鲜空气，顿觉刚刚如战场下来的，不是本尊。

也就是一杯咖啡的空当，我浏览了关于"绝育"的评论，从激愤到啼笑皆非，同时也坚定了要把这个科普持续下去的决心。

除去洗牙的两位不说，其他三位，两只贵宾犬，一只拉布拉多的手术都跟荷尔蒙有关系，切"蛋蛋"和围肛腺瘤，是的，围肛腺瘤也跟荷尔蒙内分泌有关系，换句话说，跟没有切"蛋蛋"也有关系。

为了科普给宠物绝育的重要性，我已经变成了我们医院有名的"祥林嫂"，讲之又讲，讲到天荒地老念到海枯石烂，即将转世为"唐僧"……不绝育，大家应该清楚，会得的疾病有：子宫蓄脓、乳腺肿瘤、卵巢囊肿、卵巢肿瘤、阴道肿瘤、前列腺肿瘤、前列腺增生、发炎、脓肿、睾丸肿瘤、疝气、围肛腺瘤等等。

以上都是生理上的隐患，那各位考虑过对宠物心理的折磨吗？

我们来换位思考一下吧。

如果你已成年，性征成熟荷尔蒙也分泌正常，天天有美女帅哥围绕在身旁，大胸翘臀长腿腱子肉诱惑着你，然后正当你"兽性发作"，想一扑而上的时候，上帝大喊一声：不可以！坐下！不可以！这样坏坏！

然后责令你禁欲一辈子。你觉得，你会不会到后来变成一个神经病，会不会产生行为上的偏差？

如果会，未绝育的宠物们，也正遭受这种不人道不狗道不猫道的痛苦！

很多人说，绝育太不人道，你长期精神上凌虐一个动物就算人道吗？然后万一不幸发生了上述那些原本可以预防的疾病，然后把一刀变两刀，这算对它们好吗？

还有人说，绝育违反自然，OMG！什么时候你这么崇尚自然了；一辈子让毛娃子禁欲，别告诉我你家猫狗崇尚柏拉图！

如果做了绝育，不止以上所提生理与心理的疾病可以避免，还能有许多好处：比如不用在买你的卫生巾时还得顺便替狗狗买；比如不会在夜半家里母猫发情狂叫、公猫离家出走时你抓狂、痛心；比如可以有效减少流浪猫狗；比如让原先霸王小公狗出门在外时，变得个性温和些；比如减少它们因划定地盘随地大小便、引发打架斗殴造成困扰……

一定又有键盘侠来叫嚣泼粪：你变态啊，你上辈子跟人家"蛋蛋"有仇啊……

哎呀，被你们看出来我"变态"了啊（捂脸）。

而且我"变态"得也会超出你们的想象。

常识科普： 每年在二月的最后一个星期二有一个节日：World Spay Day（世界绝育节），最早是 1995 年由 Doris Day Animal League（动物保护组织）推起的。主要希望透过绝育来减少流浪动物。

第六章　再见了，亲爱的宝贝

1 我不是孟姜女

如果我是孟姜女，我愿哭倒一座叫"癫痫"的长城。

| 7 | November | 2016 |

一个并不强壮的女子半抱半夹着一只壮硕的哈士奇，趔趄着，撞门进来。

我把她让进诊室，发现她左手缠着纱布，纱布上殷着血。

她撂下哈士奇，狗很开心地东张西望，一脸"二哈"式没心肺。

女子喘着粗气，冲我举起她包得很草率的左手。

我茫然了，"OS"更懵逼：这位小姐，在下是兽医……

她终于倒过气，指着哈士奇：它刚犯了癫痫，我怕它咬伤自己，就把手放它嘴里了。

不用看，她的手掌一定如花儿一样绽放得皮肉分家。

作为神经科医师，"癫痫"二字，一半是海水一半是火焰，我的神经因此澎湃、燃烧……

问，发病周期、频次和时长？没记录。

问，有没有录影，她又冲我举起左手……

好吧，我错了。

一个经常问不出答案的问题，以及一个很二的问题。

但我还是如常地，非常详细地向她介绍了"癫痫"的前世今生，她听得很仔细，不断重复我的嘱咐。

最终她又确认了一下：暂时没有生命危险；犯病的狗不会咬伤自己；癫痫

就是脑子"瓦特了"……

你要再用自己的手去"堵枪眼",那是你的脑子坏掉了。我有点哭笑不得地在心里回嘴。

"二哈"被牵着离开,在院子里还试图调戏一只带着伊丽莎白圈的萨摩耶,被对方警告后很欢快地认怂了。

谁能想到,这是一只在几小时前把自己抽搐得好像筛糠一般的癫痫患者。

癫痫,就是这么任性地来去,看似不留痕迹,实则可以随意雕刻猫狗的生命。

但愿,这只哈士奇的主人今后能够像"洋洋"妈妈一样。

每每此时,我都会想起"洋洋"。

"洋洋"是一只患有癫痫的迷你雪纳瑞。

前不久,"洋洋"妈妈来和我讨论给它安乐的事情。她一直这样理智,但这一次,当她冷静地说出想法,那种不得不放手的悲壮让我内心的坚持,碎了一地。

随着"洋洋"发病的频率越来越高,它的性情也发生了变化,或许,在多年对抗癫痫的战斗中,它年迈的身体终于要败下阵来了。

"洋洋"妈妈说:我不想再让它这么痛苦地受着未知的折磨,我想让它有尊严地离开……

有尊严地离开!

——对于人来说都未必能做到的,一种告别世界的方式,但有人替一只狗做到。

内心涌现无比敬意,没有人比我更了解她是如何陪着"洋洋"度过那些被癫痫折磨的日子;我甚至想过,何时能邀请她到我的课堂担任嘉宾,和学生们分享一下她为"洋洋"做的记录。

每一次发病的时长；发病周期间隔的天数；发病时的症状，还有我开的病例、处方，用药剂量，注意事项等等，事无巨细，巨细靡遗。

这样的记录，有好几年了。

满篇满幅，句句字字，都包含着爱，却又何尝不是心血淋漓。

她决定结束"洋洋"的生命，必已肝肠寸断。

我收到了她带着它去吃巧克力蛋糕、冰激凌的图片，鼻骨不禁酸了。

换作平日，我必冲主人怒目：疯了吗，给狗吃巧克力，想要它的命是吧？！

那一回，我说：吃吧，吃吧，让它的世界全部都是甜甜的记忆……

我约了"洋洋"妈妈早于上班时间来医院，是希望能在一个相对安静的时间和空间里，完成这最后的一次"治疗"。

她静静地给"洋洋"清洁、整理，静静地抚摸它，看着它……一切安静得让人心碎。

窗外树叶婆娑的声音像一首缥缈的挽歌，低吟着她的不舍。

而她，却没有掉一滴眼泪。

我选择清晨，只是不想被打扰，或许也是为了让"洋洋"预习天堂，那里没有嘈杂和喧嚣。

作为"洋洋"的主治医生，这些年揪着的心，终于撕裂着放下了。

有朋友问过我，看见主人与宠物生离死别的场景，你会忍不住跟着一块儿哭吗？

我说：痛苦和伤心有很多种，如果每一次都哭一场，那哭倒长城的绝对是我。

可惜，我不是孟姜女，我只是一名兽医师。

常识科普：跟人一样，许多犬猫一辈子至少会出现一次癫痫症状，其中某些品种为高发品种，比如拉布拉多寻回猎犬、比格犬、腊肠犬、吉娃娃、金毛寻回猎犬、边境牧羊犬等。

依癫痫的发作原因粗略可分为间接性与自发性。

自发性癫痫无法根治，只能控制；由其他器官病变引起的间接性癫痫，只要把相应部分的疾病治好，癫痫也可以随之治愈。

癫痫依发作的形态略分为三种：整体性、局部性，以及影响行为的非典型癫痫。

对具有癫痫病史的宠物要避免过度的刺激，比如鞭炮声或类似的噪音。要避免造成它大幅度的情绪起伏、过分疲劳、神经过度紧张等，这些都会导致癫痫发作。

2 愿天堂没有多囊肾

让坚持的坚持得踏实；让离开的离开得坦然。

| 6 | December | 2016 |

很多人喜欢加菲猫漫画。

我有一位朋友，搜集各种版本的《加菲猫》，小开本的、大开本的；简体的、繁体的；黑白的、彩色的……听说她曾在南非附近一个叫留尼汪的地方买过一套英文版的。

我也是醉了。

再见了，亲爱的宝贝 / 197

英文版的也不用在印度洋的小岛上买啊，再说，你英文那么烂，买回来供着啊？！

她反讽：粉丝的心你不懂。你乖乖地伺候好喵星人，等我养了"加菲"指定你当御医。

养一只异国短毛猫一直都是她的梦想，但每每她说起这个梦想，我都选择沉默。

这依旧是我心里关于纯种猫繁殖的一个痛点。

几百年前，也许就有粉丝这个族群了吧，他们的拥趸、偏好，促使猫狗作为伴侣动物的形态发生了巨大而丰富的改变。

我常和朋友们聊这样的话题，今天又被"加菲猫"勾搭出来，也不是无缘无故。

因为"Kelolo"走了。

它就是一只异国短毛猫。

2016年11月16日20：56分，"Kelolo"的主人传信息给我，说家人在客厅吃饭，突然听到房间里"扑通"一声，赶紧去看，"Kelolo"倒在地上，连忙送到楼下医院，已经没了心跳。

去年夏天，"Kelolo"被诊断出PKD（Polycystic Kidney Disease，多囊肾）。

这种病对于异短来说并不讶异，令我眉头紧锁，心情沉郁的是，这又是一种遗传病，又是一个可以避免发生的悲哀，又是一个无良繁殖的结果。

纯种猫，不少品种是基因突变的产物，它们所携带的遗传疾病就像一颗定时炸弹。

知道会引爆、知道会有伤害，却偏偏还要生产出来、摆在面前。

听它们的嘀嗒声，很过瘾是吗？！

"Kelolo"的多囊肾的囊里装的不是清澈的组织液，而是脓状物，这使得医疗过程更为惊险。

这个病没法治愈，只能尽量维持肾脏功能，除此之外，只能祈祷这些囊状物压迫肾脏组织的日子晚点到来⋯⋯

对于当时的"Kelolo"来说，我必须尽快先处理严重感染的问题，在这种情况下，顾全肾功能更是难上加难。

在接受治疗的日子里，"Kelolo"的主人每天浦东浦西来回跑，偶尔，她会拿出记事本给我看，那上面密密麻麻整整齐齐记录着"Kelolo"每日喝水几毫升、进食几克、是否排尿、精神状况如何，还有待咨询我的问题列表。这样的主人都让我心生钦佩。

往来近一个月后，我对主人是否会不堪时间拖累、精神煎熬、金钱消耗而疲惫，甚至放弃的私下的担忧，全数尽散，反而在他们的坚定与信任中，开始贪恋奇迹和神助。

有时候，越得信任，越惶恐；不是怀疑自己的能力，而是怕看见那么努力紧攥着的一双手不得不撒开时的不舍与无奈，我的努力又何尝不是一次被消耗的悲哀？！

"Kelolo"是那么可爱的一只猫，呆萌得令人爱不释手。

我本来想九月份说 thank you for another one year，又觉得再坚持一下我就可以写1.5 year.我每天离开她上班之前都会有个小告别/我们做了200%的心里准备和她再见，觉得每天都在count down 真是幸福，昨天问她你回喵星了会不会再回来/其实我愿望挺低的 我就想2个人2只猫搬进来，2个人2只猫搬去新家/自从大墨墨走了以后我就想我一定要带1只走 #第一张和最后一张照片#希望你早点回来..

（"Kelolo"主人在朋友圈写给它的）

初见时，它虚弱无比；治疗时，它安静而坚强；每每抚摸，我心里疼着，酸着……后来，它的验血指数逐渐稳定，控制了已成败血症的白细胞全身流窜，同时也保全了肾功能，看着这一切变化，我心底有了一丝丝的甜。

一年多的挽留，主人用不离不弃的支柱撑起了"Kelolo"的整个世界。而他们给予兽医师的信任，让我添砖加瓦时没有后顾之忧；放手一搏时，信心百倍。

一句"谢谢"不足以承载我的感激之情，而那种动不动就被怀疑是不是多用了药，是不是就为了多收费而做了无用的检测、是不是学艺不精才使得治疗见效缓慢的无奈悲愤，也不是一篇日记就能说得明白的。

医疗，其实很不科学。

物理、化学、数学是科学的，一加一等于二，没有例外。

但医疗中，每个机体的变数太大，相同的药物、相同的手术方案，相同的治疗手段，相同的病例和相同的医生，结果却不一定一样。

医疗很不科学，但医疗的逻辑和实操必须是科学而严谨的。

医疗很不科学，所以，医患双方需要足够的信任，才能共同渡过许多难关。

医疗很不科学，但幸好还有人性的温暖弥补它的缺憾。

温暖，可以召唤因失而复得而流出的眼泪，也可以让"离开"变得没有遗憾。

我不知道从何时开始，医生与骗子画上了等号，病患与疯子画上了等号，人与人之间的信任已薄如蝉翼，而不信任导致的悲剧则俯拾即是。或许，信任与我们心中的纯真是一起失去的，不信任就在那时乘虚而入。

"Kelolo"的新世界一定很美，那里不会有病痛与猜忌。

常识科普：多囊性肾脏疾病（PKD）是染色体显性遗传疾病，说白了，就是只要父母其中一位带有 PKD 的基因，小孩就能中奖。再换句话说，只要携带 PKD 基因的猫，切勿再繁殖。如果所谓的繁殖者连这个道理都不懂，改行吧；如果明知故犯的，就是造孽，造孽者，总有一天，神诛之！

3 再见，杰克

总有一天，我们会在天堂重逢。

20　November　2016

还记得"杰克"吗？

对，就是那只得了极恶性口腔非黑色素黑色素瘤、脾气暴躁的，被我昵称为"黑杰克"的老朋友。

今天早上，胖大妈就把我堵在医院门口，"杰克"在她怀里，出奇安静。

说实话，我是有点害怕一大早就看见门口站着主人，如果不是急诊，我想谁都不愿比兽医起得早，心塞的还有，不知道那只病恹恹的小东西挨过了怎样痛苦的一夜。

更反感的是，有些主人浑身散发着"都快九点了，你还不赶紧滚上前给我看诊"的怨气，夹带一副"你就应该随传随到"的霸气。我常被这"二气"环绕，好似我是他们从某宝淘换来的充气娃娃，从出厂到废弃，必须永保和颜悦色。

本兽九点上班；本兽很可能昨晚手术到十二点……

不过，看到"杰克"是开心的，尤其这老伙计今天没有丝毫想咬我的欲望。
我居然还犯贱地摸了摸它的小脑袋。

大妈说"杰克"这两日呼吸沉重，食欲下降，睡眠欠佳，总是焦躁地翻来
翻去，她也跟着睡不好，它一动，她就醒，一夜好几次。

我赶紧上手，听诊，触摸，节奏较平日提速，"杰克"温顺得令人怀疑，
它像被调包一样任我摆布。

虽然逃过被咬，但我心仍有不安，反倒希望它还是原来的它，龇牙咧嘴，
换我给它一刀，两下平手，各自回家。

检查完，我的不安加重，告诉大妈需要拍个 X 光，我怀疑肿瘤转移到胸
腔里了。

助理接手，很快拍完，示意我过去。

一看片子，我就颓然地一屁股坐下，心想：我要怎么开口跟大妈说啊？！

肿瘤像星星一般布满了整个胸腔，已经没有再动手术的可能，这一次，肿
瘤君赢了。

望着星云密布的画面，我竟恍惚了，能出现一颗流星吗，许愿就灵验的那
种，然后，切了瘤子的"杰克"回家，继续吃喝咬人；然后，一直活下去；
再不然，就保佑大妈听到真相时，没那么难过吧。

所有假设、幻想离开，转身甩来狠狠一闷棍……我心震裂，她该如何承受？

（外观已经能看出肿瘤的端倪）　　（可怕的口腔内部，肿瘤很"茂盛"）

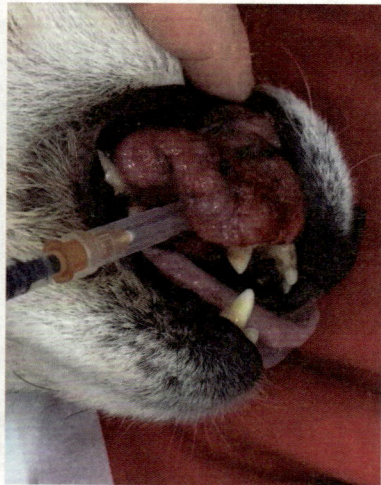

总还是要面对的。

难过、流泪、安慰、片刻的沉默……医生与病人的SOP（标准流程），可今天，我心里更多的是，对一位老朋友的不舍。

反复切瘤子的"杰克"，多活了一年，这一年，不知道它的家人是否已有足够的心理准备来面对分离？生离死别之事最残忍不过如此吧，知道你要走，算着日子，抢着时间，最终还是逃不过命运的作弄。

因为预约的手术时间到了，我赶紧叮嘱几句：如果它回家后呼吸比目前还要沉重，大妈，别让它再痛苦下去了，带它来，让它安安稳稳地走吧。您的不舍会牵绊住这十六年的美好，而它遭受的是生不如死的折磨啊……

大妈双目空洞，若有所思，机械地点头，两行泪滚滚。

我逃也似的进手术，实在看不得那番肝肠寸断。

"杰克"前所未有地、温柔地目送我，它在与我告别吗？

手术结束，出来就看见怀抱着"杰克"的大妈仍旧木讷地坐在不远处。

我过去，她迎来。

问：林医生，你们有没有什么办法把"杰克"的骨灰做成项链什么的，我可以随身带着当个念想……

我一时语塞。

为了这句话，她等了我两个多小时；这句话，令我十分忧伤，半分惊喜。

虽然一时不知如何回答，但我一定会尽力帮她达成所愿。

念想，是重逢的指引，终有一天，爱过的彼此要在天堂相聚。

再见，"杰克"。

再见时，允许你咬我，就一次哦，权当老友间的"Give me five"！

常识科普：有正常的细胞存在的地方，就有可能有肿瘤细胞的产生。动物的肿瘤也同样地分恶性或良性肿瘤，而这两个肿瘤最大的区别便是 Metastasis（转移），不同的肿瘤有喜好转移的器官，有的喜欢往脑部跑，有的喜欢往肠道跑，有的喜欢往肺部跑，青菜萝卜各有所好……因此，在诊断或治疗肿瘤的同时，除了原发部位，也必须注意是否转移至其他器官。

4 "医生，你就假装不小心让它死了吧……"

之于我，宠命关天，但常常又不得不听天由命。

28 | November | 2016

看电影是我放松的一种方式，却难免扯动感同身受后的"神经弹跳"。

杜琪峰导演的《三人行》故事发生在脑科病房，一个警察、一个悍匪、一个医生，一场围绕职业道德的生与死的人性较量大戏，看得我忘乎所以。

因为"医生"，自然不止看剧情，还会关注医学的部分，代入感潜移默化，感悟又是一番刻骨铭心。

片中，血淋淋的医学科普转向癫狂的人生交叉——人与人之间的命运交缠在一起，并螺旋式上升至迷狂的死亡之舞。邪趣与妙趣兼备，尽现生老病死、贪嗔痴怨、一念成佛、一念成魔的人间悲喜。

有人会取笑吧？

小小兽医，何来赵薇演的医生的压力；小小兽医，谁在乎你的七情六欲；小小兽医，用得着这么慷慨陈词吗？！

兽医不是人啊，兽医不会有医者父母心啊，兽医就没有必须信奉必须维系的职业道德啊？！

影片里，医生被吐了一脸唾沫后，面不改色擦拭，冷冷地说："简单切点很容易，那样你就真的没有过有质量生活的机会了……"

有质量的生活，宠物难道不应该有吗？！

赵薇饰演的脑科医生对"尽力而为"存在偏见，她心怀的执念令她处在崩溃边缘，有经验有实力的医生想尽快手术，但很多时候，危险而冰冷的现实却只能让人选择"听天由命"。

我对"尽力"二字的理解，倾尽全力，是医者父母心的最高道德标准。

但"尽力"在很多时候，都只是一种自欺欺人的托词，作为医者，唯有如此，才能在这个既冰冷又危险的现实里，获得心灵的偏安。

No，我不是来写影评的，有感而发罢了。

十四岁的老狗，在诊台上已半死状，一位阿姨守着，像是早有预感，却并无哭天抢地。

我手里有急诊，两边牵挂，手脚比正常时又麻利了几分。

结束一方，赶紧去看老狗，心下感觉不妙，立即检查 ABC。

呼吸道畅通，但呼吸急促且血液循环不好，据主人报，它已多日无食欲，且不断呕吐。

果然危在旦夕，赶紧送进氧气房，吸十分钟出来验血，再送去吸十分钟，拍 X 光……每项检查间均休息吸氧十分钟，虽检查紧迫，但我更想救它的命。

我提着的心在所有结果面前没办法再执念"尽力而为"。

贫血、肺部积水、心脏肥大、心杂音四级、严重肾衰……就算治疗可以维系它几日性命，就算药物可以让生命迹象呈现稳定，但，病情持续恶化是在所难免，它活一天就多承受一天的痛苦，而且会越来越痛苦。

如果让它自生自灭，它就是在极痛苦中告别人世。

主人非常明白这个道理，但她不愿为这个决定而签字。

她说那样就意味着谋杀。

这样的不舍、纠结、悲恸，我都能理解；但我必须遵守的职业规范，阿姨您能理解吗？

阿姨说：林医生，能不能给它打个针，让它走？

我以为终于想通了，结果她补充：打了针也别告诉我，就说是它自己走的。

阿姨的语无伦次让我心疼，她想借刀杀"人"，亦想自欺欺人。

我体谅，但没有她的签字，我不能。

第二天，阿姨又换个说法：林医生，你就假装不小心让它死了吧……

我无语，她接着换说法：林医生，不然你往吊水里打进空气行吗？

望着奄奄一息在一旁输液的老狗，我突然有剜心之痛：就算使尽浑身解数，我也救不下你这条命，送你走，却只需几分钟而已，我也想让你结束痛苦早点解脱，但我不能违反我的操守，医者职业道德不该有灰色地带。

如果可以假装不小心，你的主人一定不会责难我，反而会感激，但我心里的鸿沟被逾越，从此会决堤。

执念、人性，天平两端，撕扯得我头痛欲裂。

最终，阿姨带走老狗，她说回家让它自己"走"。

我不由闭了一下眼，心里是翻江倒海的酸，不愿去想象病情恶化时，它的痛苦。

有那么一秒的冲动，我想拽住阿姨，说：给我吧……

常识科普：A=Air way，B=Breath，C=Circulation。

急诊时医师们会最先看这三个东西：1. 呼吸道是不是畅通； 2. 呼吸状况； 3. 血液循环状况。因为呼吸与血液是维持生命最基本要素。

先有命在，才能做其他的检查。

5 生命在冥冥中，交换模样

总有一天，我们会重逢。

两个月前，我给一只十六岁的烟灰色波斯猫判了死刑，肝脏肿瘤和严重腹水。

那一天，天色阴沉，气温有点低。

老人家拎着一只裸色的"太空舱"，步履有些蹒跚，她离开时，我帮她拎着，一直送到计程车里，我说：很抱歉，我给了你一个坏消息。

老人沉着温和：谢谢林医生，我早有心理准备。

B超已显示猫腹中景况，我跟老人说：不用再做血检了，它时日不多。

那是一只模样特别的猫，杏色的眼睛睁得很圆，一点不慌张，对四周依然充满好奇。

它肚子鼓得像个气球，但身上瘦骨嶙峋，四肢已被肿胀的腹部拖累得绵软无力，它友好地注视我时，我心里酸楚阵阵。

摸它小小的脑袋，它眯着眼，头顶用力回应我的掌心，很开心认识新朋友的样子。

老人家理智得令人钦佩，她问了我一些问题，然后似自言自语一般说道：我母亲胃癌晚期，三十多岁就走了，后期也是严重腹水。我记得她痛不欲生的样子，后来一次抽出四十多斤腹水，她跟我说"好舒服啊"，然后就再也没睁开眼。

所以，老人家没有问我"能不能抽水"，并主动说：我先带回家观察，不会让它太煎熬。

按推算，老人十几岁时便失去母亲，她的坚强早有出处。

今天一早，老人一家三口带着猫来安乐，三人均深怀悲痛，却没有抢天哭地。

老猫安静离开，麻醉剂刚通过置留针，就瘫倒，它已很虚弱了。

老人说全家人都很知足，猫儿和他们一起跨了新年、过了农历年，还撑过了她女儿的生日。那天，猫儿对蛋糕上的奶油很感兴趣，家人把白色奶油抹在它黑黑的鼻尖上，合影留念。

我感慨：十六岁，不容易啊。

老人友善纠正：我们是十七岁。

后来，我看见老人满医院寻找，询问得知，女儿不见了。

她说她女儿极度伤心时会呕吐，可厕所里没见她身影。

我带老人家到医院后门，在出口的长廊上看见她女儿，刚刚痛哭后的样子，看见母亲她连忙低头，低语：妈，我没事，我们回家吧。

目送那辆黑色的车缓缓驶出，巨大的悲伤笼罩着车里三人，无声地心痛着，无声地彼此关照。我看见驾驶座的女儿帮副驾驶的父亲系好安全带，然后轻轻拍了拍掩面而泣的父亲。

有尊严地离开，有尊严地面对失去。

也曾见过那种场面。

来给狗安乐的是主治医生的朋友，号称繁殖者的女子出名地做作，每次来医院都要浓妆艳抹，和众人打招呼犹如大明星接见粉丝，端着阔太太的架子，却为诊费打没打折而计较。狗狗安乐那天，她哭得整个医院无人不知无人不晓，几次貌似晕倒，见无人搀扶，又自行站好。

躲在办公室的同事进退两难，我问为何不去安慰朋友，她好像很伤心。

同事皱眉，示意我看监控。

画面里的"悲伤"女子好像正与前台姑娘谈笑风生，还不时展示她新做的美甲。

她还在等什么，不是结束了吗？我也疑惑。

我不敢出去啊，一见我她就重新开始号啕大哭，我猜是等我再给折扣吧……同事是真痛苦。

原来，悲伤也是可以表演的。

至今，我还记得那天安乐的是一只黑银色雪纳瑞。

天上有知，看见自己主人如此这般，它能不能安息。

感慨休止，接客。

正巧是一位五月龄雪纳瑞小姑娘，长得无比娇美可人。

主人是老主顾，家中还有一狗名叫"毛球"，妈妈带着小小雪纳瑞来打疫苗和体检，特别郑重介绍给我：这是"毛球"的新伙伴，但比"毛球"乖多了，尤其是刷牙时，超级配合听话。

空气中飘过一股特殊气息，那是妈妈骄傲的味道。

小姑娘一直被精心呵护着，主人说，计划一周后带出去玩耍，让它见识见识外面的世界，结交几个姐妹淘，再学学怎么与异性打交道。

然后接到住院部传来的喜讯，昨日入院的准妈妈剖腹产顺利，母子平安。

世间事，冥冥中，早被安排好，有离开的，就有新报到的，悲欢离合，交替上演。

珍惜当下吧，待重逢时，只说美好。

常识科普：腹水指的是腹腔内积聚了非生理性的液体。肾脏疾病、肝脏疾病、心脏疾病、低蛋白、猫传染性腹膜炎等等疾病都可能造成腹水。无论什么原因不外乎两个物理原理：一个是血液阻塞血压增高，二是渗透压异常。若见自家动物腹部双侧胀大，逐渐消瘦，应特别注意。当然这些外观上的症状不代表一定就是腹水，但是没有理由地消瘦，就有足够的理由上医院好好检查了！

抱歉，吉娃娃姑娘，我无能为力
有些话，不必非要说出口。

2　March　2017

最近忙得我啊，头昏脑涨，筋疲力尽，已无力吐槽这些天是怎么过的，下班还没回到家，就进入半脑死状态，鬼才知道我经历了什么。

瘫倒在床，努力回想这一天都看了哪些诊；遇到过哪些人；毛娃子都叫什么；主人说了什么；我怎么回答的……

上帝啊，你给了我一个金鱼脑，却偏偏给我安排了一个需要记忆力的工作，你……我……！

一个声音呵斥：鬼才让你写日记的，这个黑锅我不背。

这位上帝，您洞悉了一切，但能不要说出来吗？！

今天大大小小的诊，琐碎而密集，印象较深的是一只吉娃娃，但我把它的名字忘了，大约十岁，个性温和，不闹也不叫。

万恶的乳腺肿瘤，万恶的不绝育之祸。

主人带着它从别的城市开车过来，说之前在当地医院动过手术，又复发了一次，不久前又挨了一刀。可从第一次手术开始，伤口就一直没长好，一直发展到溃烂。

仔细检查，情不自禁皱了一下眉。

主人觉察端倪，赶紧说明：我们那里是小地方，医疗条件有限，已经找的是城中最好的宠物医院，大夫也挺认真，但狗一直不好，所以才到处打听，好不容易找到您。

"OS"无奈忧伤：找到我也没用，我不是上帝。

吉娃娃姑娘的伤口有两件事：肿瘤已经蔓延；伤口感染，它的肿瘤已经往胸腔肌肉内层生长，很难再切除干净。

只能跟主人如实说，病情已至无法处理的阶段，若要勉强为之，可能需要截断前肢，不仅增加狗的痛苦，术后愈合情况也令人堪忧。

主人是一位看上去壮硕的汉子，听我这么一说，一脸如丧考妣的悲痛。

怎么会这样？！

他一连说了三遍，自言自语。

我只能安慰他这样的不幸实在回天乏术，狗狗目前精神状况良好，能吃能喝，就让它维持现状，给它一段开心的时间，爱吃什么吃什么，想玩什么就玩什么。但主人要做好心理准备，除了尽可能多陪陪它，等它真的很痛苦时，要接受"让它走，别硬撑"的现实。

这就是我常和主人提到的：安宁疗护。

强硬派汉子当场落泪了，但他是明事理的，带着狗走了，说先到前面的宠物店给"姑娘"买些好吃的好玩的，然后还要赶路，争取天黑前能到家。

我的心情随之低落起来，实话说，有些话我没说，因为说了对结果也没有任何帮助。

检查过伤口，我认为是之前手术没有做好而导致了后续的一发不可收拾，此时，再追究责任已无任何意义，徒增枝节，反而给主人心里埋下怨气，甚至仇恨，无益于他和他"姑娘"相处的最后时光。

这样的例子并不少见，很多主人带来别处诊断、后患找我寻求答案，甚至有点像逼问：是不是误诊了，算不算医疗事故？！

我不是法官，更不想对任何同行的诊断、治疗方案给出所谓的专业评判，我的专业是用来治病救命的，而非监察测算评估失误或者事故。评价同行，也不一定能凸显你的专业医疗水准；但稍有偏颇，定难逃诋毁污蔑之嫌。不论病患之前的经历，在我的医疗字典里，对于结果只有"能救"和"救不了"两种概念，谁犯了什么错，我无权裁决。

你可以说我孤傲清高，缺乏正义感，可正义感对死神的判决有用吗？

如果因为我的一句话而影响了本就如履薄冰的医患关系，我也会因此而自责：你的那句话肯定是正确的吗？你说出的结论是经过调查研究的吗？你能对你自己说的话——负责吗？

而我，并没有太多的时间和精力，去充当这样的"法官"。

不如，教主人如何好好对待他们的猫和狗。

突然想起，今天那只"高速公路囹囵"来拆线了，一切都很好。

主人从苏州风尘仆仆开车过来，就只为拆个线，让我看看伤口。

得知一切安好，主人开心，接着问：那我现在给它吃这么多药应该没关系吧?

我一愣,刚准备"发飙"问:谁让你私自用药?!

主人已经从包里掏出几个药瓶:我买了一些营养品,看能不能避免肿瘤复发。

赶紧拿过来看成分,呵,都是保健品,连动物用的灵芝都出现了。见我一字一行看得仔细认真,主人紧张连问两遍:能给它吃吗?

我说:可以。

虽然我觉得大可不必,但也是无须说出口的一句话。

理解主人心情,自然就知道哪些话可以说,哪些不必。

说出去的话,我都要负责。

常识科普:很多主人会问我良性肿瘤与恶性肿瘤的区别,我们先说说比较常见的几个名词:

1. Neoplasm(新生物),指的是细胞组织的正常增生。

2. 而当 Neoplasm 继续发展形成团块时,称为 Tumor(肿瘤),肿瘤分良性或恶性。

3. 而常听到的 Cancer(癌),指的就是恶性肿瘤。

所以,没做过病理,别随便说是癌;做过病理检查,才能知道这个肿瘤是哪个组织出来的,是恶性还是良性的。

至于恶性肿瘤与良性肿瘤最大的区别在于:

1. 恶性肿瘤通常生长迅速。

2. 恶性肿瘤会远程转移到其他器官。

3. 恶性肿瘤会侵犯他周围的组织。

4. 恶性肿瘤容易复发。

5. 恶性肿瘤容易让身体产生恶病质(Cachexia),因体内代谢、荷尔蒙异常,使身体产生整体性衰退。

大狗，我们尽力了

苍白，到不可思议。

<table><tr><td>18</td><td>April</td><td>2017</td></tr></table>

血水从气管插管里流出来，那么刺眼。

我心里知道，没戏了。

看了一眼气若游丝的大狗，我对助理说：你们再尝试。

让鼻骨的酸楚过去，我走出手术室，对送大狗来的人说：仍在努力抢救，但希望渺茫。

匆匆赶回诊室，那里有一桩被打断的看诊。

见我神情落寞，被晾在一旁许久的主人反过来安慰我，问我要不要休息一下。

我低声回应：谢谢，还有，对不起。

然后继续。

安慰我的是一位老客人，带半瘫的狗儿来复诊，据说她的狗狗就是从我们旗下宠物店购买的，今年八岁，她对医院的信任也有八年了，比我在此任职的资历还要久，难怪她与很多人相熟，见面打招呼带着亲切。当前台急唤我去参与抢救时，她比前台姑娘还着急，说：你快点去，快点！

我和她在诊室里都看见助理们拿着蓝色的担架出门，脚步飞快。不久，便听见屋外一阵骚动，一群人簇拥着担架往 ICU 病房去，杂乱中，看不清狗，只见担架边缘，一条粗壮的尾巴无力地耷拉着。

从助理抬担架的姿势来看，躺着进来的是一只大狗。

很快，我在手术台上见到了奄奄一息的伯恩山。

我不知道它的名字，来不及问它的年龄，甚至顾不上确认它的性别……冲进手术室，插管、接生命迹象监控、打针、心脏按压……

把我能做的做足，交给住院医师接手，虽然我们都看见了血水流出，但谁也没就此放弃，甚至我们谁都没搞清楚这只狗到底为何走到这一步，只看到它的黏膜如此苍白，苍白到不可思议；听助理说，给它准备的输血工作刚到一半，大狗就昏迷了，赶紧抬进手术室抢救。

在 ICU 到底发生了什么？

我在看诊时就觉得屋外氛围不对，一个中年男子进进出出打电话，神情焦躁，和住院医生、助理、前台对话时态度张狂、蛮横，尽管我听不见他们说什么，但很明显，来者不善。

直到下班前我才了解了事件的始末，那时，大狗已逝。

送大狗来的男人从来时态度就很强硬，一不挂号填病历；二不做任何检查；三要求立即给狗输血。

据他说，大狗前不久在别家医院做了脾脏肿瘤切除，今天发现严重贫血，那家医院没有输血能力，他才带到我们这里。

接诊的医师要求看之前的诊断病历及相关资料，他没有；要求做相关的检查，他不让；就是一句话："赶紧输血！"

得知血型需要配对，他说等不及，不用了，有血就赶紧给输上，出了任何问题他承担。

僵持了一会儿，说实话，这样的病例违反了我们的规定流程和医疗逻辑，但碍于急诊和主人坚持，最主要是大狗状况实在危急，必须和时间赛跑。但还是把风险告知主人，急躁男子不等医师把话说完，就催促让拿责任书来，他签字。

这样的事件我们遇过不少，如果不按主人要求办，就闹，闹得天翻地覆，直接上升到没医德黑良心；如果按照主人命令，即便签了责任书，一旦抢救不过来，同样翻脸不认账的，不在少数，然后还是闹，闹得天翻地覆。如此这般，讲的不是谁有理，也不是规矩，拼的是谁豁得出去。

此时，我说医院和医生是弱势群体，常常承受很多没由来的误解，跳进黄河洗不清，不算狡辩吧？！

而我在不知情的前提下参与抢救，不为那只苍白到不可思议的大狗，还能为什么呢？！

当得知抢救无效，暴躁男子冲进手术室，拿着手机拍照拍视频，那时，助理还在善后。

多次告知非工作人员不得进入，并多次劝阻，男人依旧态度蛮横，但也说明自己必须拍照的理由。

原来，大狗不是他的，代朋友暂养，不想先是肿瘤开刀，后又遭遇急救，虽步步告知主人，也得"全权处理"的首肯，但还是要留下"证据"，以防后患。

后患是什么呢？朋友反目、钱款不清、责任不分明？

大狗为何会在手术后突然贫血到这么严重的地步；脾脏肿瘤到底是什么属性，有没有扩散；各项检查的指标究竟是怎样的……这些，都有证据，还是随着大狗离去变成千古之谜？

谁，又会在乎这是不是一个谜呢？！

耳边回响着男子蛮不讲理的叫嚷声，命令医生医助时的怒吼声。我无力无心去猜测他是出于对大狗的怜惜而气急败坏，还是怕无法向朋友交代的恼羞成怒……我似乎更"庆幸"他最终遵守了责任书的契约，没有颠倒黑白地大闹一场。

这种"庆幸"，让我亦深感苍白，苍白到不可思议。

常识科普：狗的血型是依照红细胞上不同的特定抗原 (Antigen) 来做区分。狗有 13 种以上血型，而猫有三种血型已被确认。既然狗的血型是依照"狗 Dog"、"红细胞 Erythrocyte"上的表面"抗原 Antigen"来制定，所以狗的血型系统为"DEA"后面加上数字标示。

而猫使用类似人的系统：A 型、B 型、AB 型。多数的猫是血型 A，少数 B，极少数为 AB。但这个分布比例，依照地区与品种不同，也会有些许不同。

有一种说法：狗第一次输血，不用配对血型。

我的看法：似是而非。

狗的这么多血型内，最重要的是 DEA1.1（＋），和 DEA1.1（－）；DEA1.1（＋）的狗可以接受任何狗的血；而 DEA1.1（－）则可以输血给任何狗，有点像人类的 O 型血。

狗不像猫本身已经有抗体随时准备对抗不同血型的血进来，所以，通常第一次输血，基本上不会发生像急性溶血（因为自身抗体攻击外来红细胞）这样的问题。

但是，第一次输血之后，便会对不同血型产生抗体；而你能保证，它只需要输一次血吗？

而且，如果是不同血型的血，尽管第一次不会有问题，但也会造成输入的血在受赠者体内只有极短的存活时间，可能数天后又必须再输一次血，那就更难配对成功，更难找到适当的输血者。

Jali 的房间

它住进了我心里，一个属于它的房间。

| 6 | April | 2017 |

谢谢你，"Jali"妈妈。

谢谢你同意我写这个故事。

我知道，当你看到这个名字，看到这段文字，你的心会再伤一次。

我何尝不是呢？！

每一个从我指尖逝去的生命，都带着我对天意的怨怼，那些猝不及防的忧伤在心里都会缠绕成一个许久难以释怀的结，用回忆和不舍编成小小的花环，挂在那些房门上。

那里住着我惦念的老朋友。

有的，和我一起打败了病魔，回家安度晚年；有的，去了天堂，留下最美的模样。

常推门进去坐坐，常驻足门前徘徊，心心念念，悲喜交加。

或许，一个医者应该更理性地面对生死，不该如此多愁善感。但午夜梦回，拦不下那份爱断情伤，不如就大兴土木吧，用的是自己的心血，给念想一个栖身归宿。

"Jali"是一只白色京巴犬，十三岁，患有心脏病，它是我的老病号。

我给它治疗过前列腺囊肿，切过"蛋蛋"，挖过堵塞的大便，前不久还做了"会阴疝"手术，住院三日，一切顺利，放生回家……我内心无比感激上苍厚爱，也庆幸主人的明智。

但意外来得如此迅猛。

昨晚心脏病复发，在家就进了专门为它准备的氧气房。"Jali"妈妈心急火燎，说它呼吸困难，若一夜不见好，天亮就送来。

一夜担忧，半宿无眠，没有再被呼叫，以为警报解除。

今早走到半路，手机轰鸣，"Jali"妈妈说，正在抢救，你快点来！

飞奔到手术室，住院医师和助理们已经动手。

插管、打针、按摩心脏、人工呼吸，血氧接上，心律和心电图时刻在侦测。

每个人都屏住了呼吸，每个人都在争分夺秒。

可依旧回天乏术，三十分钟后，我对"Jali"妈妈说：抢救无效，它走了。

开朗而豁达的女主人，哭成了泪人。

十余年的悉心照料与相伴，一朝撒手，痛决堤，悲成灾。

我不知道该怎么安慰她，一切来得太突然。

尽管我知道心脏病就是这样，但因为是"Jali"，是我熟悉的老朋友小伙伴，刚刚去除一个隐患，却不敌旧疾无常。

因为奔跑和急救，我的心跳速度久久缓不下来。

突然问天一句：分我一半心跳给它，可好？！

可惜，房门关上了。

再见，我亲爱的"Jali"。

我对另外一位病患比熊犬"朱小熊"的心脏也充满担忧，因为它的年纪，还有肥胖。直到麻醉师给出"可以麻醉"的结论，我才开始安排 MRI（核磁共振）和后续手术计划。

肿瘤长满了十五岁的"朱小熊"的上颚。

除此之外,主人说它尾巴上还有一颗瘤,已经发现很久,近期开始溃疡发臭。

赶紧检查,结果是已无摘除的可能,只有截尾。

为何意外总是突如其来?!我的脸色一定又阴沉难看了许多。

主人轻声问:截尾是否可以和口腔手术一起做?

我说要看当时的麻醉情况,稳定,就一并;不行,需再择日。

也是一个超过十岁的孩子,风险和危机考验的都是兽医们的专业能力和勇气。

或许是情绪低落的缘故,对"朱小熊"口腔肿瘤长成这般景观,我也是牢骚满腹。

主人说以前都没有特别打开过它的嘴巴检查,前几天给它抹洁牙膏,发现出血了,再仔细瞧,才看见牙龈和上颚已是瘤子丛生。

好吧,还是老生常谈:请时时留意毛娃子的日常,像关心你们自己健康那般注意到它们身体的变化。

养好一只狗,真的不容易;养壮一堆瘤子,却不难。

"朱小熊",我的心里也有你一间房了,盼你能住得久一些。

常识科普:麻醉绝对有风险,尤其对老年病患!那么在高风险下,是否还要做手术?这个问题除了考验麻醉师的专业能力外,我们还要考虑冒这个险得到的"利"是否大于"弊"?如果结果是肯定的,我个人认为值得一试;反之,就别去尝试。然后,请为它们选择"安宁疗护"。

有时,抉择很难,需要医生和主人都有足够的理智和智慧。

每一位主人都应该知道的"安宁疗护"

让离开有尊严，让爱有温度。

"欧弟"走了。

它是一只很乖的柯基犬，六岁，男生，淋巴瘤复发后，卒于安乐。

"欧弟"的离开让我想起了另一只名叫"菜菜"的猫。

"菜菜"妈妈带着它和一些化验单来找我是讨论治疗方案的。

诊断是严重肾衰，之前的医生判断没错，给出的治疗方案也合理。但"菜菜"妈妈还是想与我商量一下，她说"菜菜"已经不吃不喝了，她计划把猫粮和螺旋藻粉碎，和处方罐头搅拌成糊状，用针管灌食，水也用灌的，保证它身体的营养和水分。

我说只要它吃了不吐，就可以。

她说她不愿把"菜菜"留在医院里，每天连续输液十个小时。猫咪已经十岁，离开家就惊恐万分，更别说在陌生的环境里待上那么久，即便妈妈始终陪着，它也哀嚎不止。

最关键的，即便治疗，也是在维持生命，之前医生判断，最多三个月。

"菜菜"妈妈想让它在熟悉的地方，安安静静地度过最后时光。

我同意了她的决定，尽管我很清楚，螺旋藻对治疗并无帮助，但对主人的心理来说，是一种善意的谎言，一个安慰。

我更清楚的是，任何治疗都没有意义了。

回家后的"菜菜"，接受灌食，一日两餐，餐餐足量，并未抗拒呕吐，据说后来有段日子，到了饭点儿自己会去找妈妈要吃的，自己会喝水，也偶尔对罐头、妙鲜包里的汁液表现出食欲。

但"菜菜"妈妈始终理智，她会很开心地告诉我"它吃得很好"、"它没有吐"、"它的体重涨了一点点"、"它今天和它哥哥打了一架"……但她从来都没有问过我："会不会有奇迹？！"

半年后的一天夜里，我看见她在朋友圈发了一张"菜菜"形容憔悴的图片，第二天，她带着虚弱的"菜菜"来安乐。

我告诉她 B 超里的肾脏已经严重萎缩了，能够维持半年，算得上是奇迹；它走得很安静。

她轻轻点头，疯狂而默默地流泪。

"欧弟"半年多前发现了有淋巴癌，之后开始以化疗药物治疗，因为化疗药物会把肿瘤细胞和正常细胞一并消灭，通常在一星期左右白细胞数量会降到最低值。

治疗初期，"欧弟"除了偶尔发烧外，肿瘤控制得还不错，生活也没受到太大影响；一直到两个月前，肿瘤开始对化疗药物产生抗药性，淋巴肿瘤开始复发，触诊时已经可以摸到下颚淋巴结开始肿大，并且有一单侧比其他的要大。

我开始改变化疗计划，希望能够让肿瘤再次缩小，同时也尽量不造成它日常生活的负担。然而肿瘤似乎已经不再对新的药物有反应，肿大的单侧淋巴结仍继续发展，并且开始出现神经症状，逐渐压迫气管影响呼吸。

最近一次做化疗时，主人也担心它是不是撑不了太久，担心它会越来越辛苦。

我如实告知："欧弟"的情况的确不是很乐观，你多观察它的呼吸，如果呼吸真的很困难……

主人明理，黯然神伤：我明白，我不会强留，会让它少点痛苦地走。

"菜菜"和"欧弟"的最后时光都没有经受太多的折腾，这就是我常向主人们建议的"安宁疗护"，应该就是人类熟悉的"临终关怀"。

出现肿瘤，我就会提到"安宁疗护"。

尤其面对淋巴这样全身流窜的组织，让医生更是束手无策，通常我们能做的，就是在维持相对生活品质的前提下，尽量延长动物的生命。

与人类相似，宠物的平均年龄也因为越来越好的养护条件而逐渐上升，老年性疾病的发生率也越来越高，肿瘤是其中之一。虽然肿瘤多发生在年老动物，但有些许肿瘤不分年纪大小，毫不留情，比如"欧弟"的淋巴癌。

有些肿瘤可以治疗，有些治疗的成功率不高，虽无法根治，但可以延长动物的寿命，减低肿瘤对生命体的压迫与不适，所以，请不要放弃照顾，当离别的时间到了，我们才没有遗憾。

没有遗憾——让离开有尊严，让爱有温度。

常识科普：和人类的肿瘤一样，猫、狗身上的恶性肿瘤如经过一段时间治疗后没有改善，我们便会建议采取所谓的"安宁疗护"（Palliative Care）。根据人医 WHO 世界卫生组织 2002 年的定义：安宁疗护照顾对象为病人与其家属，除了对病人疾病适当的评估与治疗，并减缓及预防病人痛苦，及改善病人生活品质，还包括辅助病人家属心理上的调适。

10

番外一篇——写在520：安乐一只狗有多痛

面对生离死别，我们才发现自己有多坚强，就有多脆弱。

文/泓默。

想写这段文字的起因是源于一次采访。

在上海顽皮家族宠物医院的公众号看见关于"热消融"的介绍，很技术的一篇，虽没怎么看懂，但有种不明觉厉的感觉，于是，借出差到上海的机会，我采访了主刀医生林毓曈博士。

除了对"热消融"的好奇，更多的是因为这三个字联系着另外两个字：肿瘤。

我曾经养过一只可爱而英俊的串串儿，掌心那么大的时候带它回家，然后从南京到深圳又到北京，它一直跟着我，它叫Bodee，昵称"包包"，花名"包二少"。

"包包"从小到大没怎么进过医院，是一只身心皆健康的狗。

因为它的陪伴，我一个人在北京的日子就不那么孤单了。

记得一年冬天，我通宵赶稿子，它始终趴在我的脚边，体温比屋内的暖气还要温暖。太阳出来的时候，我伸了个懒腰，想对"包包"说：走，出去遛遛。可上下嘴唇因为闭合太久，加上天气干燥，黏住了，猛然启动，一阵刺痛，我瞬间感觉到血的味道，不由得尖叫了一声。

"包包"立刻扑过来，扒着我的腿，试图蹿到我怀里，我顺势抱起它，搂着，热泪盈眶。

不是因为熬了一宿没人说话而想掉眼泪，是因为一只狗赠予的强烈的情感。

母亲来京做伴后，"包包"和她相处的时间比较多。

但无论多晚回家，推门总能碰到一只贴在门边的狗，和一盏为我留的灯。

那种温暖，四季恒温，温情脉脉。

2006 年的一天，我下班回家，已经有些老态的"包包"吃力地用力地摇着尾巴。

我看见母亲正在拖地，屋里充斥着浓浓的血腥味。

母亲说：今天"包包"掉了一颗牙，然后就不断从牙洞里喷血，它自己也吓坏了，四处流窜，弄得一地都是血。

我蹲下抚摸它，它眼神有些惶恐，像犯了错的孩子生怕大人责罚。我安慰它：没关系，包包，不就是掉了一颗牙吗，你是勇敢的男子汉，不怕不怕。

它神情缓和了，但嘴角又溢出鲜血。

我和母亲带着"包包"去了相熟的医院，一路上我明显感觉它越来越萎靡，但我始终安慰它：就是掉了颗牙，没关系的。

而我真的就是以为狗狗老了，很正常地牙齿脱落。所以，院长好友抱它进诊室时，我还和护士小姐在寒暄。

半个多小时后，院长出来示意我过去，他的神色有些凝重，而我却以为治疗结束，我可以带"包包"回家了。

院长拿着一张 X 光片，语气尽量平缓地告诉我：包包的面颊下靠近右眼的位置长了一个肿瘤，传统的手术还不具备摘除的能力，这也是导致它口腔喷血的原因……

我是瞬间傻掉的，整个人石化在一片恐惧中，面对那张黑乎乎的 X 光片，似乎它只要轻轻扇动，就能把我震碎。

我问院长：能保守治疗吗？

他沉默片刻：药物可以拖延一段时间，但它会很痛苦，非常痛苦。

所以呢？！……我突然失控了，眼泪倾泻，我已经知道院长想跟我说什么。

我建议安乐。还是听见了那句对我来说最残忍的话。

绝不！

我跑到医院外，站在刺眼的阳光下，号啕大哭。

良久，母亲走过来搂着我：让它走吧，它已经奄奄一息了。

怎么就奄奄一息了，不就是掉了一颗牙吗？！我冲母亲大吼，甩开她的拥抱。

院长也出来了，说了好多安慰的话，也说可以不用马上安乐，给它用药控制着。

它真的会很疼吗？我平静了一些。

是的。院长低沉但肯定地说。

我又大哭起来。

院长轻拍着我的肩膀：你别难过了，像包包这样的狗狗平均年龄是 8.6 岁，它今年已经 13 岁了，你已经把它照顾得很好，它是幸福的。

又过了很久，我还是不断地问院长各种毫无意义的问题，母亲突然冷冷地说：我去签字。

我流着泪看着母亲走进去，在一张单子上比画，她的手微微地颤抖着。

然后，院长、护士都开始准备了，我飞奔过去，拉着母亲：妈，再让我看它一眼吧。

我不知道那短短的十几步我是怎么走过去的，似乎有一世纪那么漫长，每一步都心如刀割。

推开诊室的门，"包包"绵软无力地躺在诊台上，呼吸急促而紊乱。

我永远永远忘不掉它看见我时的眼神，那种眼神令我不敢走近它，不敢去触碰它，不敢去跟它说最后一句话。直到门关上，它的眼睛都没有离开过我，渴望、无奈、眷恋、期盼……统统被一扇门合上，除了疯狂地流泪，我什么也做不了。

院长把"包包"放进一个漂亮的纸盒里交给我，我抱着那个盒子枯坐了很久。好友赶过来，他们通过关系，联系了附近一个风景优美的公园，人家同意我们偷偷地把"包包"埋在三棵茂密的松树中间。

母亲与我在医院门口分手，她说家里的猫还等着吃晚饭，然后她就准备过马路。

我突然叫住她，她走的不是回家的方向，而一辆疾驰的车差点撞到了她。

母亲似乎是忽然间回过神，自言自语道：哦，我走错路了。

葬了"包包"，好友们送我回家，一路安慰，我一言不发。

推门进屋，等我的灯还在，等我的狗却没了。

母亲安静地坐在沙发上，身边围了一圈猫，它们目不转睛地看，看母亲一针一线缝着一朵朵精致的小白花。

已经有几朵摆在了"包包"相片前，镜框里的它还是那么精神抖擞，意气风发。

我连相片里的那双眼睛都不敢看，那里似乎飘着一个风筝，飘着飘着，线就断了。

母亲缝完第十三朵，把它们聚拢装在一个黑色丝绒袋子里，幽幽地说：明天你带我去看"包包"吧，把这些带给它。

我又失声痛哭起来，一颗紧攥着的心终于松下来，然后碎了，痛彻骨髓。

面对生离死别，我们才发现自己有多坚强，就有多脆弱。

采访结束，我跟林博士说了"包包"的病情，然后问他：热消融是否能够消除那个肿瘤。

他说或许可以，但必须非常小心不要伤到眼睛。

我想我的神情突然就哀伤了。

回家，把这个新技术告诉母亲，她很兴奋地说：伤到眼睛也没关系，瞎了也没关系，只要"包包"能活着。

或许，她真的忘了，"包二少"已经离开我们整十年了。

那一天正是 5 月 20 日（520= 我爱你）。

常识科普：热消融技术主要是用于切除宠物体内外的肿瘤，是用"热"（也就是高温）把肿瘤消（融）除掉。

相比传统的切除手术，热消融的优势在于：

● 术后刺激伤口附近的免疫反应。也就是说，"热"的高温在肿块消除后，会吸引大量免疫细胞在伤口附近聚集，有以下好处：1. 感染风险降低；2 . 伤口愈合快；3. 抑制肿瘤再生长。

● 创面小，出血量少。

● 比传统手术用时要短很多，减少老年宠物的麻醉风险。

● 可以完成很多传统手术无法切除的部位。

愤怒，限制了我的表达能力

我知道罗生门可以令生死徘徊，但它却死了。

17 November 2016

已经两天了，它只要稍清醒就开始在笼子里乱撞嚎叫，不识主人，不辨周遭。它应该已经不会再爱了，更不会懂应该恨谁。

才六个月的"小黑"，在清晨六点半时分，快乐地出门，却遇见了死神。

老大爷捧来时，它已昏迷。

眼睛巩膜、鼻腔、口腔出血，不过总体外部所见惨烈不多；X 光可见头部 Arcus zygomaticus 断裂，Os frontale（额骨）破裂，伤情主要集中在脑部，颅内大量出血是肯定的，若有核磁共振描绘，必是天花乱坠地惨绝人寰。

主人伤心悲愤陈情：一早出门遛狗，莫名其妙被一陌生民工当头一棒，狠狠地夯在脑袋上，"小黑"当即倒地，一动不动。大爷惊慌，来不及与凶手理论，赶紧抱来医院，另一民工补刀：干吗要救，煮来吃了吧。

而大爷说那人棒打的理由仅仅是"看这狗不爽"！

在他们眼里，"小黑"就是一土狗，屠了、烹了，算大补。

补你麻痹！

大爷日日来探，次次老泪纵横；醒时失控的"小黑"，和靠药物昏睡的"小黑"，都不会再记得自己有过怎样的被爱与被虐。

飞来横祸，何其残酷；丧心病狂，令人发指。

我从湿了眼眶到怒火熊熊，恨不得立马拽上大爷，奔赴案发现场，掘地三尺、碎尸万段、千刀万剐了行凶者。

有本事你也给我一棍，没本事老子凌迟了你！

心中早已上齐满清十大酷刑，牛鬼蛇神也速速聚来，火海、油锅、刀山，假设了一具肮脏的躯体，剁碎、煎烤、炮烙、活埋、抽筋扒皮……一万次太少，一亿年太短。

六道轮回，回回不是人。

我……！

"小黑"是活不下来了，大爷说拼死也要找到凶手。

可找到凶手又如何？！

他们本荒蛮、凶残，你待狗如家人，他们当你是异类；他们视狗为畜生，任意宰割。法律制裁不了这样的"凶手"，道德绑架对没有道德良知的人，不过是不痛不痒的口水战。

难道真的要一次次去人肉、去群殴、去扒光了游行吗？

难道我们只能在法律边缘，用极端手段，以牙还牙去泄愤吗？！

为了泄愤，我们可以比他们更残忍吗？

没有动物保护法的国家，它们性命如草芥；五千年文明的泱泱大国，仁心善良、慈悲为怀，都 TM 成粪土了吗？！

我从不以贵贱分阶级，众生平等，但人性善恶有等级，虐杀、戕害动物的，恶行已登峰造极。

可是，除了说一句"因果报应"，却无力求报应他老人家早点来，来的时候最好通知我们去围观、点赞。能吗？！

我……！

"小黑"走了，它去到太平世界。

我心里明白，但不想追问大爷为何你不牵着它出门？凶手真的是无缘无故吗？您真的没有去招惹、挑衅那些野蛮之人……

这些话问了也无意义，就算知道真相，还原那个黑色清晨，"小黑"也回不来了！

即便当时报警，最好的结局估计也就是赔个三五百块，反过来还会被教育：不要随便浪费警力资源。

对啊，那不过是一条不值钱的小土狗的命。

我……！

愤怒限制了我的表达能力。

最后只想对宠物主人说：它们跟了你，你就是它们的监护人，别怪道德沦丧，别怪疯子太多，横祸飞来，怪只能怪，你，没有保护好它们！

也许是不可抗争的悲哀；也许是无知无心导致的惨案。

圣母婊、键盘侠尽管来狂喷吧，

惨烈我见得比你们多，心早就麻木了，如能换回"小黑"们一命，我不在乎被你们疯狂的口水洗劫、淹没！

常识科普：科什么普啊，出门遛狗牵绳、牵绳、牵绳，还要讲多久啊？！

2 "我们要开始存钱喽！"

当天使遇到天使，我相信折翼的那位很快会长出翅膀。

| 18 | November | 2016 |

德国求学、工作十三年，我变成了一名执业兽医师。

如今，我在上海的生活紧张忙碌，却依旧忍不住偶尔在无缝隙的节奏中蹦出关于德国的怀想曲。

虽然偶尔，深邃不改。

好友公司乔迁，发图来看，我说我喜欢那个入口，像我曾在德国住过的一间。

她调侃：快来，假装故地重游，纪念一下。

我说：给老子准备一支香，我要拜拜。

她变本加厉：要蒲垫吗？跪着比较虔诚。

我说：滚。

以上当属玩话，可见我对那些年的惦念。

所以，我与养了四只猫的德国老太太成为忘年交，也当属情理均沾。

德国朋友，和猫。

老太太知我心思，常邀我去她家中做客，吃吃东西、话话德语、看看四猫，顺便检阅"放养"在外的一群。

老人家在后花园里搭了一间猫屋，供社区流浪猫歇脚，吃喝管够，来去自由，有机会逮住个把就送来给我做节育，还帮它们都取了名字。

上个月新来了一只，据说超级霸道，会轰走其他，独占猫屋。

谁料此猫不仅被抓来 KC 了，还得名"普京"。

德国式的幽默，可见一斑。

"普京"成为"普京"后不久的一天晚上，十点一刻，不寻常的时间，我接到老太太的电话，急匆匆地告诉我，三个邻居小鬼头捡到两坨只会蠕动的小小猫，束手无策地按了她家门铃，一脸哀求：你能救救它们吗？

不用问为何找上门，她的"猫溺"行径应该已经传遍社区的各个角落。

简单了解了状况，让他们赶紧送来医院。

两只猫仔刚刚脱离温暖子宫就与妈妈失散了，所幸被三只奥地利小鬼发现，算是暂时避开了投胎的早班车。

可惜其中一只第二天因为过于衰弱而奔走天堂，另外一只在育婴箱里独自继续蠕动，翻滚伸展之中，一天比一天精神了。

每天，三个小鬼头都会准时来医院报到，叽叽喳喳，兴奋得不得了，天天有不同的问题，天天跟在我屁股后头。我，快成哈雷彗星了，拖着小尾巴；我，差点就去买一本《十万个为什么》，不然总有招架不住的一天。

他们把我围坐在门外的台阶上，又是一番你问我答，院长经过时糗我：

林医生，今天是室外课啊。

我刚想把院长当救星，乘机站起来……

一号小鬼头一把拉住我：请问它什么时候能打预防针？

这么有水准的问题，我怎舍得离开。

回答：还得再过六到八周喔。

二号小鬼头：那需要多少钱？

回答：大约一、二百吧。

其实，我是真不知道价格，但我绝对不能破坏"万能蜀黍（叔叔）"的形象，大不了差价到时候我悄悄给补上。

二号小鬼头一本正经对另外两个说：我们要开始存钱喽，你，还有你，不可以再吃那么多零食，要把钱省下来给小猫打预防针！

另外两个小鬼的头，点得跟小鸡叨米一般，三人全都满脸严肃认真。

这场面啊，看得我老泪纵横，恨不得全搂过来，挨个亲一遍……

但我是端庄的"兽医蜀黍"，必须忍住，别吓着孩子，当我是"怪蜀黍"。

亲爱的小孩，谢谢你们，真的谢谢你们！

谢谢你们救了一条小生命；谢谢你们天天来探望；谢谢你们无数的问题；

最感动的是，你们没有发愁"我们没有钱怎么办"；没有想着去找大人要，而是不假思索地说"我们要开始存钱喽"！

那一脸天真而坚定的神态，会把太多成年的节操打翻在地，碎如满天星！

问题结束，他们丢下内心翻滚着热泪的我，去看小猫了。

亲爱的小猫，你如此幸运，折翼到此，遇上了另一群天使，他们不仅会修复你的翅膀，还将附赠一个比天堂更美好的人间。

听说最近"普京"的日子不够太平，老太太说新来了一只处处跟他对着干的，她给取名"奥巴马"。

常识科普： 救助流浪动物应该量力而为，如果勉而行之，而无法给予适当的照护，那不仅对个人造成困扰，也对被救助的动物造成二次伤害。

无论幼猫幼犬，它们最需要的就是温度与营养，务必注意周遭环境的温度，并频繁地定时给予喂食，因为它们还无法有效地自行调控体温，也无法储存太多营养。

3 求你们不要爱上无尾猫，好吗

畸形的爱，比直接伤害还要残忍。

13 | December | 2016

今天在医院里，无意中听见一位病患主人讲电话：我没听说过啊，干吗了……你想养啊……有毛病啊，猫没有尾巴能好看吗，再说，尾巴呢？哪里去了？不晓得，不晓得你就喜欢，会不会是残疾的……残疾的你也喜欢，你"变态"吧……

当时我在忙，没在意，只是听见"变态"两个字，机灵了一秒，"变态"是个流行词吗？

无独有偶，晚间值班，有点空闲，跟一位兽医师朋友聊天，他说最近有传闻，无尾猫要流行起来，问我知不知道。

突然联想起白天的电话内容，我心里先是愤怒，随之毛骨悚然。

毛骨悚然的不是这种猫长得恐怖，而是如果这种猫真的流行起来，就意味着很多悲剧将要一出出上演，就如我们看到法斗鼻子一年比一年短，阁下将会看到一年比一年尾巴还短的无尾猫。

我第一次看到 Manx cat（曼岛猫或俗称无尾猫）是在德国。

由于神经科是需要预约的，病人进入诊间前我们就看到病历上大大写着品种：Manx，年龄：六个月，症状：排便排尿困难与行走异常。

我跟同事互瞄一眼，不约而同比起中指……紧跟着是疑惑的眼神互望。

在德国，Manx 是不允许被繁殖的，我们不解这位饲主哪来的 Manx，或许是别人送的；或许是由别处偷渡来的；或许，有太多的理由与借口可以找。

我就不明白了!

世界上猫的品种如此之多，为什么还需要刻意去繁殖这种劳民伤财害人害猫的品种?

Manx 的确不是像许多品种是被自大的人们刻意培育繁殖出来的，而是来自变种。而变种的原因其实与许多过度繁殖导致频发的遗传性疾病有相同的因素：过小的基因库。

Manx 最初来自 Isle of Man（曼岛），位于英国和北爱尔兰之间的一个小岛，由于小岛孤立的环境，造成过小的基因库，导致这种少了尾骨的变种；然而，这种畸胎却吸引了人类的目光，将动物身上的痛苦视为可爱，更进一步繁殖。

因此，医学上出了 Manx Syndrom 或是 Manxness 这样的专有名词，指的都是这些曼岛猫由于尾部脊椎骨过短而造成脊髓损伤所造成的症状。除了尾巴的畸形外，他们同时也容易有以下的疾病：严重且剧痛的关节炎、肠胃道功能异常、膀胱功能障碍、脊柱的畸形裂孔、或甚至直接死胎……

想知道什么是脊柱的畸形裂孔吗?

这次不放动物的照片，让你们看看婴儿的脊柱裂 (Spina Bifida) 或许能感同身受一些。

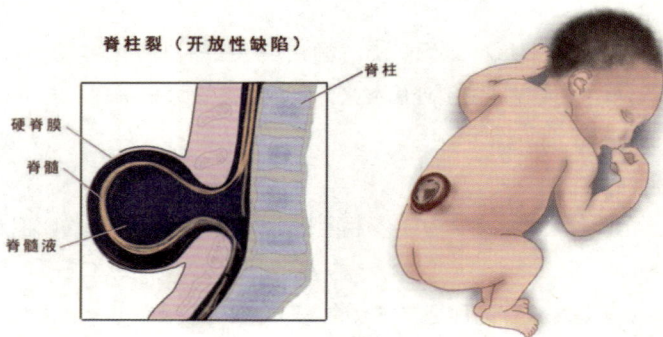

脊柱裂（开放性缺陷）

脊柱

硬脊膜

脊髓

脊髓液

可怜吗？恶心吗？

可怜喔！恶心喔！那 TMD 发生在动物就不可怜喔！！！！

我只能祈祷，无尾猫不要招大家喜欢；我想恳请大家，不要爱上无尾猫。或者，透过这篇文章，就算你觉得它们很萌，也请同情它们的身世和残疾之痛，放它们一马。

有需求才有供给，别说反正有人卖，你就可以买；你如果买了，就是虐待动物的共犯，要是让我看到，绝不会给你好脸色，不仅黑口黑面，下班回家还扎小人！

那些所谓的无尾猫繁殖者应该就此会恨我入骨吧？

我是贱骨头一个。

没关系，尽管恨吧！

常识科普：自 1999 年起德国的动物保护法第 11 条 b 段（Tierschutzgesetz §11b）明文禁止繁殖或是展示这种品种！

因为这种行为叫虐！待！动！物！

在"完全无风险手术"面前，我认怂

我们都需要勇气，来面对自己心里的"怂"。

在伟大的人类世界，科技飞速发展的今天，有一个地方依旧保持着最"原始"的作风。

医院。

无论大小手术或者一些重要的治疗项目，但凡需要麻醉动刀子，你或者你的直系亲属都需要签署一份手术同意书，再不济，你的亲朋好友或者同事发小什么的，反正得有人签字，医生才会开始治疗、手术。

如果你说：医生，你不跟我保证"完全无风险"我就不治疗不手术。

不治疗不手术？你试试，除了回家"等死"，你别无二法。

你说什么？！

到庙里去求神仙符香灰水？菩萨保佑，出门抬头再左拐，上有苍天下有地铁，快去。

我不是来抬杠的，我是来讲道理的。

你好好听，我好好说；你若胡搅蛮缠，我是"变态"，我怕 Who。

主人们爱宠心切我理解，我也希望回回都能妙手回春，天天化腐朽为神奇，就算你们不送锦旗来，我自己给自己立块碑，上书"华佗转世"供子孙嘚瑟，不为过吧？！

可是我不能够！

在既科学又不科学的医疗面前，我宁可做一坨严肃的"丛货"。

我敬畏并利用科学；同时也必须正视并无奈科学在医疗中的变数，就算心中有十足的把握，都不敢用十分力气拍胸口。

医疗中的变数，就像放我胸口的大石，你非要我表演胸口碎大石，你尽管拿锤子夯下来，我只能死给你们看。

可怜的小贵宾犬，前肢 + 后肢 + 骨盆同时骨折，看着让人心疼。

骨科评估后需要手术，但骨折的方式与位置导致手术风险较高，需要特别告知主人。

主人外出打了一圈电话，回来带着鄙夷的口吻告诉我们，有一家医院跟他说这个手术"完全没有风险"……

我与同事面面相觑，竟无言以对。

主人发话：你们若是也能承诺"完全没有风险"，我就不折腾，就在这里做，钱给你们赚。

我与同事把头摇得跟两只拨浪鼓转世。

主人带走小狗，说是去那家"完全没有风险"的医院。

不知道这是一出主人自导自演"激将法"的戏码，还是真的有这样一家医院。当时好希望是后者，后者也真的手术顺利了，就算被当作一次庸医永久丛货，只要狗娃得救，这口黑锅多黑我都背。

不知道我亲爱的同行里是不是真的有人敢在手术前说一句"完全没有风险"？

如果有，是出于什么心理呢，动物的命不如人的命精贵？还是说，动物死了，它们的家属不会来找你一哭二闹三上吊？还是说，你已经破解了医疗中的变数密码，完全 Hold 得住"万一"，分分钟可把风险归零……

小的不才，至今"无能"，就算一个"小小"的去势手术，在动物没有拆线复原前，我都活在诚惶诚恐中。

诚惶诚恐的兽医，大有人在。

前不久，好友来诉心声，说他们医院明文规定不接诊藏獒。

偏偏他值班时来了一只，老板发话，不能看。

主人遂换了其他家，他从侧面了解，结果还算好，藏獒无大碍。但他心理陷入困惑，如果藏獒生命垂危，到底救还是不救？

他问我，我不知道该如何作答。

但我明白，很多动物医院，不是不能看，是不敢看。

据说，某医院的冰箱中冻着一只藏獒，已数年，主人求偿百万，医院自认无过错。我不了解详情，只知是一桩悬而未决的纠纷。

一只藏獒，曾被炒作得动辄百万千万，传言主人又多是有些黑道背景，别说告知医疗风险，就算签字画押，该翻脸时还翻脸……

话又说回来，人类的医患关系已然成为热门社会话题，何况小小的宠物医院。

医患之间若有疮疤，揭不揭得开，都难看，都会痛。

面对风险，人还是胆小一点好。

在"完全没有风险"面前，我理直气壮地认这一个"怂"字。

不是因为我害怕承担风险，是希望病宠家属和我一样，懂得敬畏医疗的不科学，以及生命的无常。

常识科普：手术怎么可能没风险呢？无论手术还是麻醉，肯定都存在风险，所以，我一直强调术前麻醉评估的重要性和必要性。就算超级威猛年轻体壮的动物，都有猝死的可能。

神才知道会不会有风险，不管风险跟兽医本人有没有关系，我们若不小心那百分之零点一，就有可能是百分之百……

"完全没有风险"是完全不负责任的说法。

诚实告知风险，因为主人有知情权，有选择权；主人若相信"完全没有风险"的说法，也是对宠物生命不负责的行为。

5 其实，我是算命先生，不是兽医
定时炸弹何时会爆，谁也不知道。

19 **March** **2017**

麻醉师！急救！

听见我大喊，看见我抱着昏厥过去的"嘟嘟"冲进手术室，正在收拾器械的麻醉师吓了一跳，本能地让出手术台。

我们刚刚配合完成一台手术，我出去也不过一分钟而已。

插管、给氧、上药……

抢回一条小命。

我和他都长吁一口气。

手术室里的空气慢慢平复下来，麻醉师用眼神丢过疑问。

我报：刚出手术室，就看见它鼻子流出液体，混着血，然后就休克了。

助理进来，回放了前情。

主人一早来带住院的狗娃出去尿尿，可能一夜未见亲人，兴奋过度，对于
一只心肺功能有问题的老年犬来说，情绪波动是大忌。

"嘟嘟"住院就是因为心肺问题。

按理说，这种体型的贵宾犬能照顾到十四岁，实属不易，主人耗费的心力
可见一斑。

我说的"这种体型"是指长期被很多人青睐的所谓的"茶杯型"。本兽多
次撰文抨击无良繁殖的恶果，已有些无力吐槽，任何违反动物合理生长的
人为因素都可能埋藏着巨大的隐患，过小或过大的体型在它们发育成长的
过程里，处处有定时炸弹。

而真正爱宠物的人，随时会为奇形怪状的"玩偶"们，付出代价。

"嘟嘟"遇上了好主人，而它却是好主人的"定时炸弹"。

大约两个月前，"嘟嘟"来做绝育手术时就发现了心肺问题，提醒主人要
注意观察是否有相关症状。

真是怕什么来什么，前些天的某夜，狗娃突然呼吸困难，赶紧送来抢救。

主人也立马从网上订了吸氧机和氧气舱，放在家中有备无患。

今日险情控制，送回病房，待他逐渐稳定，呼吸平稳，自己能进食后，才
敢给主人抓药带回家。

小东西也算命大，这把年纪这种病真真是如履薄冰，据说主人日日保健品、
中药伺候着，这回又添了吸氧新设备，也是怕先天体质不佳的娃儿一不小

心就走了。

能被视若珍宝、掌上明珠，是一只狗的福气。

下午又来了贵宾犬一只，皮肤病复诊。

也是命好的娃，主人视如己出。

用药后，皮肤病恢复得蛮好，没什么大问题，但我还是揪着它的体重和隐睾敲打主人：不要再让它胖下去了；找时间赶紧来割"蛋蛋"，藏在腹腔内的那一颗也是定时炸弹！

主人先是瞪眼：我们这叫胖啊，天啊，我还觉得它最近瘦了呢，怎么就算胖了？！

那是什么表情啊，好像我贪图她家狗粮似的，肥胖安装的定时炸弹，侬晓得伐？！

接着又眯起眼，疑惑：真的要割啊，它都已经十岁了，这么多年过去都没问题，你觉得还会有危险吗？

危险随时在。我没好气。

她居然没看出来我撇嘴：那什么时候会出现呢？

我特别想怼一句：危险又不是我养的宠物，我哪里知道它几时会跑出来啊？！

有时候我想我应该在医院门口支个摊，挂个幡，上书：铁口直断！

专门回答，比如：还会不会复发，会不会转移，现在不做手术以后会有危险吗，它还能活多久，这个病能治好吗，多久能治好……诸如此类需要用上周易八卦紫微斗数星座血型的疑难杂问。

估计生意会兴隆。

常识科普：狗肥胖可能引起心脏问题、肝脏问题、肾脏问题、呼吸问题、关节问题、脊椎问题、胰腺炎、糖尿病等等。主人通常的回答是：不是啊！Ta 就一直很想要吃……记住，动物是活在当下的动物，而您，应该是有点危机意识的动物。

很多主人也会说：自从它绝育之后就开始变胖了。的确，绝育之后，动物的代谢速率会稍微降低（约百分之十八），但不代表一定会变胖，如果饮食上控制，并且保持运动，比如很多工作犬都绝育了，它们也还是活力满满，身材标准，所以，狗的肥胖，不要老赖医生给它绝育了，主人有很大的责任。

通常我会教主人如何自己去评估动物的肥胖——手掌自然垂直置于动物背上，若手掌已经无法感受到脊椎骨，那肯定是太胖了。

当然，有时候肥胖是因为内分泌疾病造成的，定期体检也就是为了提早发现，尽早治疗。

拜托，别使用那种表情

相由心生，请控制一下过度的紧张。

9	February	2017

上午一台口腔肿瘤手术。

前两日其他医院转过来的，做热消融。先给狗狗做电脑断层，确认下颚骨肿瘤处没有被破坏，今天跟主人讲解电脑断层的影像，以及手术过程。

主人认真聆听，全程神经紧绷，像被拧到最大极限的一根弦，我尽量语气轻柔缓慢，生怕声音大一些，弦会断。

手术约一小时，相当顺利，正常组织的部分基本上没有被破坏到。

我正陶醉在"这位主刀，您真是心灵手巧"的自我赞许中，前台姑娘第二次来催：还要多久？！

一脸嫌弃。

这表情让我联想到她们在背后笑话我做手术如同绣花，精工细活，回到古代不愁嫁。

像话吗？！

我当面质问，她们嘤嘤笑：这是夸您呢，林医生，说明您态度严谨，技艺精湛。

可为何还是一脸不厚道，我这针针脚脚系着毛娃子的安危，能粗制滥造吗？

介于手术如此完美，我就不跟她一般见识。

况且，"娜娜"主人一早就来等了。

"娜娜"是一只刚做了子宫蓄脓手术的约克夏，主人也是位超级爱担心的，狗儿稍有异样便如临大敌，天塌下来一般。

今天来，还是因为不放心，非要我再看看，不惜坐等一台手术时间。估计也是如坐针毡，前台姑娘好心，连催两次。

"爱担心"主人在听到我说"没事，回去吧，一切安好"后，如释重负。

哎，我要怎么"超度"这一颗颗过度紧张的心呢？

有时，这样的担心，大可不必。

虽然，我十分理解。

我们院长大人领着一位面目慈祥的老太太来找我，身后跟着她的女儿，怀里抱着一只大白猫，雪白雪白的猫，嘴角有一丝血迹。

老太太是院长熟人，书香门第的当家人，举手投足淡定优雅，年轻时应是美女子一名。老人家与院长站一旁闲聊，她女儿负责与我展开医患对话。和老太太的从容相比，女儿却是一副兵临城下的心急如焚，描述猫咪病症，似此娃离死不远。

大白猫名叫"西门"，家中暹罗和波斯自由恋爱的产物，父母已在天堂团聚，家中还有姐妹各一位。据汇报，"西门"早上轻微呕吐，后来发现下唇有血渍。此猫由老人女儿接生，养至十五，除了年少绝育，这是第二次就医。难怪如此紧张，十五年情谊，猫已老，就怕要分离。

一番常规检查，等 X 光片出来后，我唤院长。

院长跟老太太说：我去会诊一下。母亲依旧淡定，女儿却紧张升级，跟着就来 X 光室。

"西门"口腔出血是因为牙结石丛生，牙龈也有炎症，等清理口腔，牙齿该洗的洗，该拔的拔，应无大碍。

但 X 光显示有异样，我对主人说：它的下颚骨骨质增生，但没有看到骨头被侵蚀的迹象，所以初步判断可能是之前受过伤，愈合后引起的骨质愈合组织（Callus），当然也不排除是肿瘤的可能性。

一听"肿瘤"，一直保持高度紧张的那位瞬间眼眶红了，我赶紧再做详细说明：这并不是它出血的原因，而且，我用手去触碰它的下颚，猫无特别反应，说明没有给它带来不适。这么说吧，有一天它不幸离世，可能并不是因为这个原因。

女子噙泪望向院长：能手术吗？

院长大人可爱到爆：那就要把它下巴去掉喽，然后……（院长模拟了一个没下巴的动作，嘴歪着，舌头吊着）生活就没什么品质可言，这个增生对它没什么影响，没必要动刀。

看到德高望重的院长不惜牺牲形象模拟，她笑了一下，嘴角还是挂着苦涩。

站一旁的老太太突然发话：没什么大不了的，约时间洗牙吧，我们先回家。

一看就是见过世面的，我也舒了口气，假装不经意和紧张者搭讪：这位是"西门"大官人，你家可有"金莲"？

不想遭了白眼。

老太太倒是宽和大气，一直到走都对我礼遇有加。

送走母女二人，院长大人回过头冲我笑得意味深长：怪我，忘了事先告诉你，她女儿姓潘。

天了噜！我是好意啊，想缓解一下紧张的气氛。

你们是没看到，潘姓小姐紧张得连法令纹都深邃了。

对了，我的好友井小姐下午时分出现了，带着她心肝宝贝的北京犬，说是半天吐了五六回，吓得她魂飞魄散，请了假飞奔而来。

B超、血检、心超、X光一通检查，最终疑似骗吃骗喝骗感情导致的肠胃不适。

平日里牙尖嘴利的她变成了沉默寡言的人，等检验结果时，她始终神情严肃。

我没好气：为何你当病患家属时总是一副要死的样儿？

她冲我龇牙，竟无言相怼。

确认狗儿子无大碍，她瞬间心花怒放。

然后，回头怒目瞪我：你，刚才说我什么……

常识科普：经过盘查得知，"西门"三个月时从八楼坠落过，当时并未发现严重外

伤，就没有送医检查。根据我的经验分析，当时它的下颚骨摔裂了，自然愈合时造成骨质增生。所以，提醒家中有猫坠楼发生的主人，切勿凭主观意识判断，还是及时带到医院检查一下，以绝后患。

无题

能说脏话吗？不能；那我无话可说了。

29 | **March** | **2017**

我实在找不出更确切的标题来表达我今天的心情，如果可以，我很想用一句粗话。

在医院的方寸诊室里，我有必须遵守的职业道德和素养，所以，憋着火，忍着悲愤，按部就班完成手里的活计。

最终，咬咬牙关，却依旧没有勇气再去看一眼那只可怜的老狗。

老狗十七岁，一男一女带着进诊室时，我的"OS"随即开骂：靠！

一看就是没被好好照顾的娃。

问诊，两人也一直支支吾吾：没精神没食欲，其他什么都还好……

能想象吗？！对着没心肺的主人，"OS"一句一句怼回去，面上还不能有相应的"动作"，人格分裂犹如经过了专业训练。

什么都还好？我不是瞎的好吗？！

眼睛一瞟就已知道大有问题；仔细看过，肯定是贫血，皮下有血肿，皮肤浮肿，精神糟糕至极……这仅仅是目测，做了化验还不知有何大祸在等着。

得知要做血检和 X 光，男的开腔：主人交代了，不做任何检查，如果是肿瘤，直接安乐。

原来，一个司机，一个保姆，主人在幕后指挥。

继续忍着火，请他们转告主人，我不是算命先生，不做任何检查，断不出结果；更没有透视眼，扫一下就能看到有没有肿瘤。

或许是我的面部肌肉开始下沉，司机犹豫了一下，拨通了主人的电话。

主人听我陈述后，轻描淡写地回应：那就只做个血检好了。

然后反复跟我强调"我跟你们老板很熟"，并试图通过"我家十几只狗……"让我搞清楚自己是大客户的事实。

这番含沙射影无非围绕一个重点：你这个小小兽医别想"黑"我。

很遗憾，通过电话我没办法让他看到我的脸有多黑！

就算你认识上帝又能怎样？！我就能算卦了吗？老板的狗到我手里该怎样还得怎样！此事摆到台面，我们老板一刀砍死的绝不是我这小小兽医。

按下怒火，做该做的事儿，能同意血检，我已经有点感恩戴德的怂样。

结果出来，贫血到破表，白细胞高到破表，血小板近乎零。

十七岁高龄，加上这样的主人，的确没有再折腾下去的必要。

我跟司机说：如果主人同意安乐，我没意见。

他去汇报，很快回复：同意。

助理接手，我赶往下一个诊室。

刚开始看诊，司机无礼闯入，言语不客气，主人又来指示，不要安乐，把狗带回去让它自己走。

我也不顾仪表仪态，当着另一位病患家属的面，同样不客气地回应：你们不治疗、不安乐，就这么带回去由它自生自灭是非常残忍的，它会"走"得极其痛苦，我绝不答应，麻烦你再跟主人沟通一下，别再折磨它了。

司机出去，很快又进来通报主人简单明了、干脆利落的指示：那就安乐吧。

看诊两次被打断，说实话我的愤怒也快破表，对同时被骚扰的病患主人再三表示歉意，好在人家早看穿我的无奈，给予宽容。

我不迁怒司机和保姆的冷漠，都在人家屋檐下谋差事，混口饭吃亦不容易，没理由苛求他们对狗好一些，相对一条"畜生"的命，老板的命令才值钱。呜呼哀哉！

十七年，这狗娃都经历了什么，过着怎样的生活？

想必儿时也曾讨过主人欢心，也曾被带上台面炫耀过年轻貌美性格乖巧，也曾得过司机保姆的阿谀，因为当红，因为受宠，想来也是集万千宠爱，风光无限地以"XX 富豪的宠物"被羡慕或嫉妒。

如今年老色衰，病入膏肓，"冷宫"都懒得送，连送入"太平间"的方式都要靠一个小小的兽医据理力争。

奉献了一生忠诚的狗啊，换不来高高在上的主子的怜惜，生命的最后一程，走得如此草率如此凄凉！

老狗走了，听助理说很安详。

可我心里却久久无法平静，"OS"试着为它双手合十，祈福黄泉路上能太平。

怎知只有中指听使唤，"历久弥坚"。

同时，我会说的所有脏话，都在此时喷出。

常识科普：狗狗老了，卖萌少了，互动少了，可能口水多了，气味重了……这样的它才是真正需要我们去关注的时刻。与人类的老年疾病一样，肝、肾、心脏、内分泌、关节、脊椎、肿瘤都开始成为威胁它们生命的难题。老了，不是只是吃就好，请还像以前一样，多摸摸它，看看它，抱抱它，定期带它做检查。

很多疾病我都无法告诉主人如何判断出它们，但主人对它们日常的细心观察是医生们的第一道监测系统。

断尾、立耳、拔趾甲、割声带……
你们当狗是盆栽吗

如果它们是盆栽，那兽医是个啥？

22 | August | 2017

在医院，我最反感的是，被宠物主人频繁"点"去给毛小孩做非必要性整容手术，无奈，这种手术一茬又一茬。

跟庄稼地里的韭菜一般，我必须一个接一个拒绝。

除了剪耳、断尾的，还有更为过分的：因为怕猫挠沙发或幼儿要把猫趾甲全拔掉的；嫌狗声叫吵或怕扰民要把狗声带割掉的……

如果此时还是不让飙脏话，那我就不浪费笔墨了。

但依旧忍不住想问问这样的主人：你们是清朝十大酷刑炮制者穿越过来的，

还是渣滓洞恶魔转世？怎能对自家宝贝下此狠手？！

带着柯基来断尾的，我劝说，被怼回来：啊，有尾巴的柯基算什么柯基，
太搞笑了吧？

知道世界上有一种柯基叫"卡迪甘"吗？人家就是有一条长长的尾巴的。
如果你们跟我掰专业，讲血统什么的，我只告诉你这种有尾巴的柯基也是
堂堂的名门正派，虽然我很讨厌用出身论高低贵贱，但有些人明明就是被
世俗、流行绑架，搞得自己很高大上很懂一样。

非要给杜宾、拳师做立耳的，我也劝说，当然还是被怼回来：什么什么？
耳朵不立起来，气势就没了，塌耳朵的杜宾、拳师像什么样子，你是兽医
你不懂，这些狗啊，必须立耳断尾才拉风。

"OS"吐泡泡：你养狗就是为了有气势能拉风的话，不如去买个打气筒
和鼓风机好了，装自己身上，走哪儿都自带"气"和"风"。

去去去，再到网上去搜一搜，国内外赛场上没有立耳断尾的拳师和杜宾的
图片！虽然我还是很讨厌用所谓的赛级来评说一只狗的外形，但不是要跟
我掰专业吗？那你们就去看看全须全尾的，到底有没有你们说的气势？

再看看我朋友家这只没有立耳的雪纳瑞，它叫"Monster"，不萌吗？不
讨人欢喜吗？！

当然，还是会有一大波被"传统"审美蛊惑的人坚持自己的诉求，因为他们觉得自己花钱买的猫狗就是私有物品，任我心平气和、唇焦舌敝，"哼哼"教导，人家就是一副"我家的'东西'我说了算"、"你是个兽医你只管按我说的干"的架势，那义正词严啊，好有气势。

对于要给猫狗拔趾甲、割声带的，我就没什么好脸色了，脸黑到伸手不见五指，直接让对方坚信我是个特别无能特别晕血晕刀晕针晕猫晕狗的"蒙古大夫"。

每每此时，"OS"都冒出科幻电影的桥段：对面的主人变成了猫或狗，正好又生在我家，我超吊地跟它说，嗨，小东西，既然住在我屋檐下，你考虑清楚了，看是你自己不瞎挠乱叫，还是我带你去医院拔了趾甲割了声带……然后它们吓得立马变成一棵盆栽，枝叶东倒西歪，我抄起大剪刀一通修剪，嘿嘿，终于修剪成"我喜欢"的模样，爽！

谁叫你是我的，我爱怎么剪就怎么剪，想让你哪儿立就哪儿立。

可惜，"OS"很爽，现实很无奈。

这里的法律没有明令禁止这类非医疗性的"整容"手术，要是在德国，哪个兽医敢做这类手术，就等着执照被吊销吧。

虽然没有法律约束，我还是想呼吁同行，多劝劝主人打消这样的念头吧，或者至少你可以拒绝成为让毛孩子遭此无辜一刀的那个人。

毕竟，靠这些手术，咱既富不了，也得不到什么福报，对吧？！

说个有趣的小事儿。

"井小姐"家始终没断过养猫，她对猫挠墙纸有着深刻记忆。很多年前，她家的墙纸是有凹凸花纹的，猫儿那个欢天喜地啊，随便伸伸爪子就有天然猫抓板了。她爸爸就只好拿备用的墙纸按照挠痕剪出不同形状贴上去，经年累月地补啊补。

她说：我爸快赶上毕加索了，那一墙的创作啊，全是后现代主义看不懂凌乱风。

还有，她家从来不敢买除了木质以外的沙发，还曾经用过陶台和石凳。

她说：那天我放学回家，一推开门，误以为自己变山顶洞人了。

呵呵。

"拉面" 驾到

它总是喜欢站在我们肩上，找一个看世界的位置。

11 | November | 2016

还记得前文提到的、被遗弃在我们医院的小猫"拉面"吗？

它的名字是同事给起的，他们有时叫它"面疙瘩"，有时唤作"面糊糊"，我跟着大家以各种"面"戏称它，我们都特别爱这个小家伙。

在医院生活的那段日子，它喜欢睡在前台放病例的柜子里，就是档案文件和柜顶之间的空隙中，后来，随着身材日益圆润，它再把自己塞进"床铺"已然有些困难，但它还是喜欢挤在那里，瞪着杏色圆眼，看着人来人往；或睡出两只白眼，好似天下事都幻做一条鱼，在它的梦里游来游去。

它还喜欢站在我们的肩上，随我们的走动，自如地做平衡游戏；偶尔坐下，高高在上，圆圆的脑袋昂起，很得意自己找了一个看世界的位置。

它爱这个世界，尽管这个世界如此残缺。

比如，这样小小的生命，在刚出襁褓时，就被遗弃在温暖之外。

"拉面"幼年的耳疾不是什么大问题，猫贩子带来问诊，连微薄的诊费都不舍得，原因不是拮据，仅仅因为小猫脑袋上的毛色不匀，长大了也是个赔钱货，遂弃之，无半分犹疑。

于是，"拉面"成了我们共同的孩子，我们治好了它的病，医院便是它的家。

五个月过去了，它脑袋上的毛色越发深浅不一，我不懂猫的标准，我只看到它越来越可爱的样子。

我干吗要懂那些狗屁标准？！

它们不是商品，不该有尺寸参数和规格。

上百年的人为参与，制定了一套又一套学术标准，世界上有了犬展猫展，也衍生出各种遗传疾病，有些，让兽医们大开眼界；有些，则令我们欲哭无泪。

我非卫道士，亦不否认繁殖是一门学问，犬（猫）学术博大精深，繁殖者们倾其一生所有，精雕细琢艺术品一般，但毕竟是有血肉的生命，寄生于我们，靠我们存活，不该有敝屣之命——美的，就供养；丑的，弃之不可惜。为了人类私欲欢心，它们贡献了腿脚长短、面孔凹凸、身躯构造、骨骼角度，还有心肺功能、关节生长、脑部发育……大大小小的缺陷，隐藏在风姿绰约的外貌中，千秋万代。

我不喜结交繁殖者，更不爱观测赛场风云，尽管我不怀疑总有良心向着光明，但它们永远是作为"作品"、"商品"供世人欣赏、购买的，世人看不见显微镜下的慌张，X光里的残酷……

在我眼里，那些被雕琢得无比憨态可掬的"玩偶"，实则是一群群无辜而畸形的小怪物。

当然，我知道这是历史留给它们的兴衰，无可逆转地把它们带到这个时代，各有各的使命和命运，被宠爱，或者被利用。

一块毛色之误，便失去价值，"拉面"算是命硬，总有一些"被夭折"的，世界上不会再有它们的位置。

这个话题说起来难免沉重，或许还会遭到非议和攻击。站在兽医角度，动物的健康和生活品质我誓死捍卫，这样的坚持想来不至于被打死吧。

上周有主人指定我给他家狗做断尾，我再次以"执照会被吊销"婉拒。

主人聪慧揭穿：那是在德国，这里是中国。

好吧，我承认，是我胆小脆弱无能，真的下不了手啊。

又被教育：一两周的小奶狗无须止痛和麻醉，就算会有点疼，一秒钟而已，长大后断不会有记忆。

我不想举例，心中却忍不住千言万语。

把两周小娃的手指拗断，他们长大后也不会记得当时感受，最多哇哇一阵，然后该吃吃该睡睡，全然无知，也不妨碍成长。

你会说：长大后就是残疾了，狗子断尾剪耳那是为了美观啊。

谁的审美标准？！

轮回倒过来，猫狗豢养人类，非截肢挖眼剁手砍断筋骨带上街才算荣耀，可好？

或许有人来跟我辩犬种标准，别 TM 废话，我知道很多狗的祖先因为工作性能而不得不失去尾巴耳朵，有些失去在当时是为保命，无论是为了帮助人类生存还是供人类戏耍，它们祖先已经不得完整，如今天下太平，丰衣足食，无须打猎放牧，何苦还要剪一刀，割一块？

就为了某些人类看着舒服，带上台有面子吗？

各位主人，行行好，断尾剪耳手术别再找我，上帝曾托梦，敢做，让你以后生小孩没屁眼。

"拉面"被领养后，过着幸福的生活，但我们的肩膀却从此寂寞了。

特别怀念那些"拉面"巡视到访的时刻，它站在我书架边东张西望，脑袋上的一撮浅色秀发在灯光下比平日醒目耀眼，我伸手抚摸，它亲昵迎合，那秀发如同天鹅绒一般的柔软细腻，暖人心田；总是忍不住抱它在怀里任它打闹，紧跟着一番爱不释手的逗趣。

愿天下的"拉面"们都能享受这般美好，美好得无关俊丑外貌。

10 致那些流浪而自由的生命
它们过着一种令人钦羡却不敢模仿的生活。

| 31 | May | 2017 |

休假回来，几乎无缝接地回到忙碌的日子，好似前一段假装无所事事的那个人，不是我。

带着父母到山林小住几日，远离都市喧嚣，把心收在田园，却得到最大限度的开阔去拥抱自然，拥抱一个不会长久属于我的自由。

那样短暂，又那样美好。

静谧、安详、从容。亦如朱自清在《荷塘月色》里的心境：什么都可以想，什么都可以不想，便觉是个自由的人……

那些在都市里一定要做的事，一定要说的话，那几日都可不理。

以至于今日特别想很正式地整理一下思绪，放下手里的工作，借城中的五光十色，遥望山林里的风淡云轻，让心在逼仄的钢筋水泥中，再自由一回。

自由的美妙还在于遇见，遇见了自由的它们。

它们可以是这样的。

携家带眷地霸占城里来的"大怪物"（汽车），管它是什么呢？！主子就是主子，有没有黄袍加身，有没有铲屎官鞍前马后，再村炮的"吾皇"也是土豪啊，想在哪里躺下就在哪里躺下，想用什么姿态就用什么姿态……

哪怕是废弃的铁道，也是朕的枕榻。历史的车轮已尘封，而朕的当下才刚开始；磅礴的往事与朕何干，朕只要这可供翻个身的方寸。翻个身，天空是朕的天空；伸伸腿，大地是朕的大地。

你若有意见，来，随朕躺下，这里很大，分你一块，你敢吗？

还有这对霸占整条马路只为挠痒痒的兄弟档。

它们也召唤我了：嗨，胖子，把手机扔了，对面那条街让你罩，累了就睡草丛里，想挠痒就和我们一样，看上哪个妞吹声口哨就跟你走，爽不爽？

想着就爽，可惜我不敢，我怕疾驰的车让我粉身碎骨。

兄弟档鄙夷地白了我一眼：果然是城里来的胆小鬼。

夜居山间，还遇到一只黑色的小串串，淡定地穿梭在我脚边，职业病犯，左右查看，一岁多的母犬，已绝育，应该是山里某家的……宠物？

宠物这个词放在它身上好像有点不合适，貌似整片山头都是她的领地，放眼望去，它的地盘广阔得足以让深居豪宅的宠物们瞬间沦为"小瘪三"。

好遗憾，只顾着跟"大姐大"巡视它的江山，忘了给它拍照，只能在记忆里留个念想，待他日舍得繁华时，我必投奔它的山野，它的丛林。

哪怕做一只小虫子，喝着露水，清风独行，听对面山头的虫鸣。

它们在流浪吗？

看上去好像是的，可它们的自由看上去好美。

它们会为一日三餐发愁吗，会为房子车子票子发愁吗？

看上去，真的不会。

而拥有了富足物质的我们，在自由面前，却为何变得如此卑微？

车顶、铁轨、马路、山头……都成了我们不能、不敢、不可以的禁忌。

休假尾声，收到同事发来的一张大胖狗图片，我以为医院又出了什么状况，顿时神经紧绷。

原来，对方是用图片"警告"我：别肆无忌惮在假期大吃大喝，否则，身材就会变成照片里的那位胖娃娃，回来会被大家继续嫌弃的。

嗬，嫌弃就嫌弃，还继续！

我虽向往自由，但不得不管住自己的腿，那么就别再提醒我要管住自己的嘴了，人生苦短，能有一样任性的，就只管去任性吧。

假期中还收到一位主人的消息：她家的两位柯基少爷又偷了苹果和枇杷，仅枇杷就吃了十个，连夜带去我们医院，除了上述"异物"，还意外查出其中一只的肚子里有三小段电线……所幸第二天早上全都拉出来，已无大碍。

我用了"又"来说明这兄弟俩的偷吃行为，是想提醒各位看官，尤其是家有柯基的主人，这种狗"翻垃圾桶、偷吃"已是恶名昭著，若有排行榜，铁定位列三甲，所以，它们的嘴还是要管好管牢一些吧。

否则，这样的自由对它们来说，是个祸害。